श्रवण कुमार
की प्रेरक कथाएँ

श्रवण कुमार की प्रेरक कथाएँ

कुमार प्रफुल्ल

प्रकाशक
प्रभात प्रकाशन प्रा. लि.
4/19 आसफ अली रोड, नई दिल्ली-110002
फोन : 011-23289777 • हेल्पलाइन नं. : 7827007777
इ-मेल : prabhatbooks@gmail.com ❖ वेब ठिकाना : www.prabhatbooks.com

संस्करण
2025

पेपरबैक मूल्य
तीन सौ पचास रुपए

मुद्रक
नरुला प्रिंटर्स, दिल्ली

SHRAVAN KUMAR KI PRERAK KATHAYEN
stories by Kumar Praphull

Published by **PRABHAT PRAKASHAN PVT. LTD.**
4/19 Asaf Ali Road, New Delhi-110002

ISBN 978-93-53223-99-1

₹ 350.00 (PB)

अपनी बात

भारत वर्ष के इतिहास में अनेक ऐसे बालकों का नाम स्वर्ण अक्षरों में अंकित है, जिनके उदाहरण आज भी दिए जाते हैं। ध्रुव, प्रह्लाद, अभिमन्यु, एकलव्य जैसे महान् बालकों ने न केवल अपने माता-पिता का नाम ऊँचा किया, अपितु संपूर्ण भारतवर्ष का गौरव बढ़ाया। ऐसे ही महान् संस्कारी, सदाचारी, मातृ-पितृभक्त बालक श्रवण कुमार का नाम आज भी संस्कारी तथा सुविचारी संतानों के लिए एक उदाहरण बना हुआ है। अपने अंधे माता-पिता की सेवा का जीवन भर संकल्प लेकर श्रवण कुमार ने स्वयं को इतिहास में अमर कर दिया। ऐसे महान् तथा माता-पिता की सेवा करनेवाले बालक हमेशा दूसरों के लिए प्रेरणास्रोत रहेंगे।

प्रस्तुत पुस्तक माता-पिता के अनन्य भक्त श्रवण कुमार के जीवन पर आधारित है। श्रवण के जीवन से जुड़ी छोटी-छोटी शिक्षाप्रद कहानियों में एक श्रेष्ठ, होनहार, कर्तव्यनिष्ठ तथा धर्मपालक पुत्र की झलक स्पष्ट दिखाई देती है। श्रवण कुमार केवल मातृ-पितृभक्त ही नहीं अपितु एक संस्कारी, ज्ञानी, निष्ठावान, साधु, संत एवं गुरुओं का आदर-सत्कार करने में भी आगे रहता था। दयालुता तथा सेवा की भावना उसके मन में कूट-कूटकर भरी थी। अतः पुस्तक में ऐसी अनेक कहानियों को सरल भाषा एवं चित्रों के साथ प्रस्तुत करने का प्रयास किया गया है, जो एक बालक को संस्कारी, निष्ठावान, दयालु, माता-पिता तथा गुरुओं की सेवा के लिए प्रेरक रहेंगी।

—कुमार प्रफुल्ल

अनुक्रम

1

श्रवण कुमार का जन्म

सदाचारी, संस्कारी, कर्तव्यनिष्ठ तथा माता-पिता का अनन्य भक्त श्रवण कुमार एक आदर्श पुत्र था। एक साधारण परिवार में जन्म लेकर श्रवण कुमार ने अपनी मातृ-पितृभक्ति की मिसाल कायम की और इतिहास के पन्नों पर अमर हो गया।

कहा जाता है कि त्रेता युग में शांतवन नाम के एक सीधे-सरल व्यक्ति थे। इनकी पत्नी का नाम ज्ञानवती था। सर्व सुख होने के बावजूद उनके कोई संतान नहीं थी। इसी कारण दोनों पति-पत्नी हमेशा दुःखी रहते थे। संतान-सुख से वंचित होने की पीड़ा उन्हें उठते-बैठते, सोते-जागते, हर पल और हर घड़ी सताती रहती थी। ज्ञानवती प्रायः अपने पति शांतवन को इस बारे में सांत्वना देती रहती थी।

"स्वामी!" एक दिन ज्ञानवती पति से बोली, "आप ही कहा करते थे कि प्रभु प्राणी को जिस दशा में रखें, उसी में प्रसन्न रहना चाहिए।"

"देवी! उचित तो यही है," शांतवन गंभीरता से बोले, "और प्राणी का कल्याण भी इसी में है, किंतु इस शास्त्रसम्मत तथ्य को जीवन में उतारना सरल नहीं है।"

"जानते-बूझते शास्त्रों का निरादर करने से पुण्यों का नाश होता है, स्वामी!"

"हाँ देवी! किंतु संतानहीनता का दुःख शास्त्रों के समस्त ज्ञान को भुला देता है।"

शांतवन और ज्ञानवती अभी अपने दुःख को परस्पर बाँट रहे थे कि

उनके कानों में 'नारायण-नारायण' का स्वर सुनाई पड़ा। उन्होंने दृष्टि उठाकर द्वार की ओर देखा तो वहाँ पर वीणावादन और 'नारायण-नारायण' का गान करते देवर्षि नारद खड़े थे।

शांतवन और ज्ञानवती ने एक साथ उठकर देवर्षि के चरण स्पर्श करते हुए प्रणाम किया।

देवर्षि ने शांतवन और ज्ञानवती को सदा सुखी रहने का आशीर्वाद दिया।

शांतवन द्वारा प्रदान किए गए आसन पर विराजते हुए देवर्षि बोले, "वत्स शांतवन! तुम किसी शोक से आकुल प्रतीत हो रहे हो?"

"देवर्षि! आप तो अंतर्यामी हैं। प्राणियों के मन के भाव पढ़ लेते हैं।"

"वत्स! संभवतः तुम्हारे शोक का कारण संतानहीनता है।"

"हाँ देवर्षि।" विनीत स्वर में शांतवन बोले, "यदि आप हमें संतानवान होने का आशीर्वाद दे देते तो अच्छा होता।"

"यदि तुम यही इच्छा रखते हो तो मैं तुम्हें आशीर्वाद देता हूँ—संतानवान भवः।" देवर्षि गंभीरता से बोले।

देवर्षि नारद से संतान-प्राप्ति का आशीर्वाद पाकर शांतवन और ज्ञानवती की प्रसन्नता की सीमा न रही। यह देखकर देवर्षि उन्हें सचेत करते हुए बोले, "शांतवन! संतानवान होने का आशीर्वाद तो मैंने तुम्हें दे दिया, किंतु यह भी सत्य है कि संतान का मुख देखना तुम्हारे भाग्य में नहीं है।"

"तब...तब आपका आशीर्वाद कैसे फलीभूत हो सकता है, देवर्षि?"

"तुम पति-पत्नी यदि संतान-प्राप्ति के मेरे द्वारा सुझाए गए उपाय को करो तो तुम संतानवान अवश्य हो सकते हो।"

"देवर्षि! कृपया वह उपाय बताइए, हम वैसा ही करेंगे।" शांतवन और ज्ञानवती एक साथ बोले।

"यदि तुम लोग बारह वर्ष तक नैमिषारण्य में ब्रह्माजी की स्तुति करो तो वे तुम्हें संतानवान होने का वरदान दे सकते हैं।"

"हम ऐसा ही करेंगे, देवर्षि!" दोनों पति-पत्नी दृढ़ता से बोले।

देवर्षि नारद उन्हें आशीर्वाद देकर वहाँ से अंतर्धान हो गए।

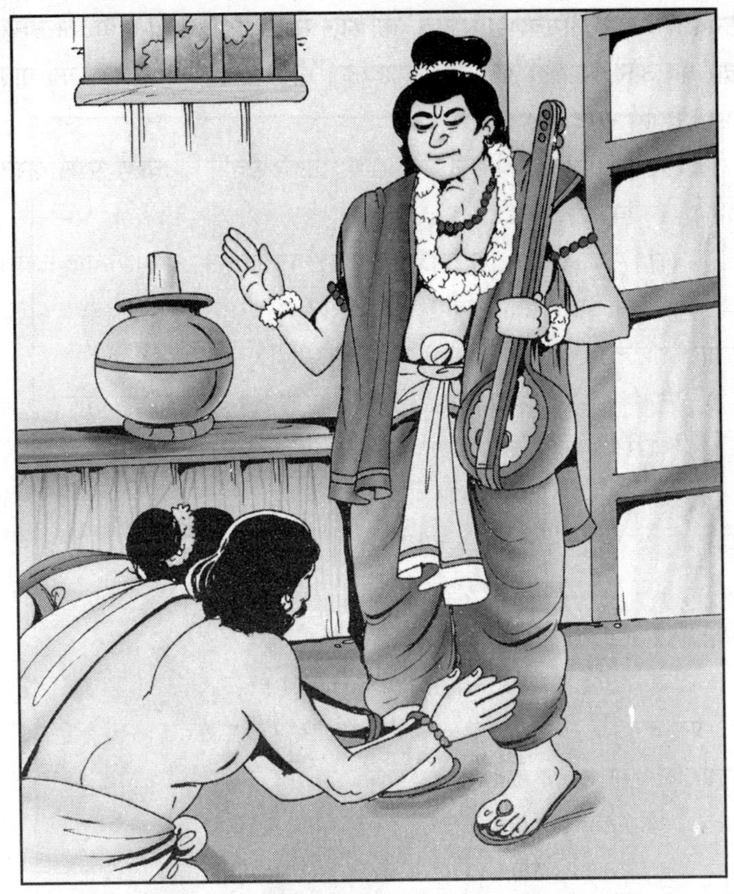

देवर्षि नारद के निर्देशानुसार शांतवन और ज्ञानवती ने नैमिषारण्य में पहुँचकर ब्रह्माजी की आराधना आरंभ कर दी। बारह वर्ष की उनकी कठोर आराधना से प्रसन्न होकर एक दिन ब्रह्माजी ने उन्हें दर्शन दिए।

"वत्स शांतवन!" ब्रह्माजी बोले, "संतान के अलावा कोई भी वर माँगों, अवश्य पूरा होगा।"

"प्रभु! हमारी इच्छा तो संतान प्राप्त करने की ही है।" शांतवन और ज्ञानवती एक साथ बोले।

"लेकिन संतान का मुख देखना तुम्हारे भाग्य में है ही नहीं।" ब्रह्माजी

गंभीरता से बोले, "शांतवन! तुमने युवाकाल में एक गर्भवती चुहिया को मारा था। अब उसी का शाप फलीभूत हो रहा है।"

"ओह! वह अपराध तो अनजाने में हुआ था।" शांतवन शोकाकुल होकर बोले, "किंतु भगवन्! क्या इसका कोई प्रायश्चित्त नहीं है?"

"केवल संतानहीनता का दंड भोगना ही इसका प्रायश्चित्त है, शांतवन।" ब्रह्माजी ने स्पष्ट कहा।

"भगवन्!" शांतवन व ज्ञानवती समवेत स्वर में बोले, "यदि आप हमारे

जप-तप से प्रसन्न है तो कृपा करके हमें केवल संतान-प्राप्ति का ही वरदान दीजिए।"

"शांतवन-ज्ञानवती!" ब्रह्माजी गंभीरता से बोले, "हम तुम्हें संतान-प्राप्ति का वरदान तो देंगे, किंतु बदले में तुम्हें एक कष्ट आजीवन सहन करना पड़ेगा।"

"भगवन्!" शांतवन और ज्ञानवती पुनः समवेत स्वर में बोले, "संतान-सुख के लिए हम हर कष्ट उठाने के लिए तैयार हैं।"

"तब ठीक है।" ब्रह्माजी बोले, "हम तुम्हें संतान-प्राप्ति का वरदान देते हैं, किंतु संतान के जन्म लेने के साथ ही तुम दोनों पति-पत्नी की आँखों की ज्योति चली जाएगी।"

"ठीक है भगवन्! संतान-प्राप्ति के वरदान के साथ हमें यह अभिशाप स्वीकार है।" शांतवन बोले, "इससे निस्संतान रहने की पीड़ा तो कम हो जाएगी।"

नैमिषारण्य से लौटकर शांतवन और ज्ञानवती प्रसन्नतापूर्वक गृहस्थ जीवन व्यतीत करने लगे। उन्हें पूर्ण आशा थी कि ब्रह्माजी का वरदान अवश्य ही अपना प्रभाव दिखाएगा और आशा के अनुरूप ऐसा हुआ भी। नैमिषारण्य से लौटे उन्हें अधिक समय नहीं हुआ था कि ज्ञानवती ने पति को गर्भवती होने का सुखद समाचार दिया।

दोनों प्रसन्नता से इतने मग्न हो गए कि उन्हें इस बात का पता भी न चला कि कब गर्भस्थ शिशु के जन्म का समय पूरा हो गया।

उचित समय पर ब्रह्माजी का वरदान फलीभूत हुआ। जब नवजात शिशु की किलकारियाँ घर में गूँजी तो शांतवन और ज्ञानवती का मन-मयूर नृत्य करने लगा। उन्हें प्रतीत हो रहा था, जैसे उनके कानों में कोई शहद उड़ेल रहा हो!

किंतु यह क्या?

इधर उनके घर में शिशु की प्रथम किलकारी गूँजी और उधर शांतवन और ज्ञानवती का हृदय संतान-रूपी पुष्प को निहारने के लिए मचल उठा, लेकिन ब्रह्माजी के वरदान के अनुसार दोनों की नेत्र ज्योति एक साथ लुप्त हो गई, परंतु उन्हें इसकी कोई चिंता न थी।

□

2

नामकरण संस्कार

नवजात शिशु सवा माह का हो चुका था। उसके नामकरण संस्कार की तैयारियाँ जोर-शोर से चल रही थीं, तभी वहाँ एकाएक देवर्षि नारद का आगमन हुआ।

शांतवन, ज्ञानवती और संस्कार समारोह में आए सभी सुधीजनों ने देव र्षि को प्रणाम किया और उनसे शिशु का नामकरण करने का आग्रह किया।

देवर्षि उन सबका यह आग्रह टाल न सके और कुछ क्षण विचारमग्न रहने के बाद गंभीरता से बोले, "उपस्थित देवियो और सज्जनो! शिशु के माता-पिता अपने पुत्र के रंग-रूप और गुण-धर्म का अपने नेत्रों से अवलोकन न कर केवल कानों द्वारा श्रवण करके तृप्ति का अनुभव करेंगे। जब शिशु युवा हो जाएगा तो इसके मधुर वचनों और नीतियुक्त धर्माचरण आदि के श्रवण से माता-पिता को मुक्ति की प्राप्ति भी होगी। शिशु के इन्हीं गुणों को ध्यान में रखते हुए हम इसका नाम 'श्रवण कुमार' रखते हैं।"

इस पर उपस्थित समुदाय ने करतल ध्वनि करते हुए हर्ष प्रकट किया।

देवर्षि शिशु के सिर पर हाथ रखकर आशीर्वाद देते हुए बोले, "यह शिशु आगे चलकर विश्व का महान् मातृ-पितृभक्त होगा और कालांतर में भक्त शिरोमणि कहलाएगा।"

माता-पिता की चाहत और लाड़-दुलार के बीच नन्हा श्रवण धीरे-धीरे पलने लगा। शैशवकाल में श्रवण बड़ा प्यारा और गोल-मटोल था। उसे जो

भी देखता, बरबस ही उसका हृदय उसकी ओर खिंचने लगता। उसकी इच्छा बालक को गोद में उठाकर खिलाने की होती। थोड़ा बड़ा हुआ तो वह बाँहें फैलाकर गोद में आने के लिए मचलने लगा। कुछ और बड़ा हुआ तो अपने माता-पिता की अंगुली थामकर धीरे-धीरे चलने लगा। इस तरह उसने चलना सीखा, मगर जब वह कुछ और बड़ा हुआ तो वह अपने माता-पिता की अंगुली पकड़कर उन्हें राह दिखाने लगा। अब अंधे माता-पिता को लाठी के स्थान पर श्रवण का सहारा मिलने लगा।

श्रवण माता-पिता को जलपान कराने से लेकर उनके लिए संध्यादि हेतु पुष्पादि सामग्री स्वयं जुटाने में तनिक भी संकोच नहीं करता था। उस समय श्रवण की आयु लगभग दस-बारह वर्ष थी, जब उसके माता-पिता पूरी तरह अपने पुत्र पर ही आश्रित हो गए और वह भी उनकी हर आवश्यकता को अपना कर्तव्य समझकर पूरा करता था।

□

3

श्रवण और विद्या का मिलन

एक दिन संध्याकाल में श्रवण कुमार वाटिका से पुष्प लेने गया हुआ था, उसे लौटने में कुछ विलंब हो गया था। नियत समय पर पुत्र को अपने पास न पाकर ज्ञानवती-शांतवन अत्यंत व्याकुल हो उठे।

कुछ देर बाद जब श्रवण कुमार की पदचाप उनके कानों में पड़ी तो माता-पिता एक साथ बोले, "पुत्र श्रवण! आज तुम्हें पुष्प लाने में इतना विलंब कैसे हो गया?"

"माताश्री! पिताश्री!" श्रवण कुमार बोला, "लगता है, आज वाटिका से किसी ने पुष्पों की चोरी कर ली। इसी कारण पुष्प चुनने में काफी समय लग गया।"

"अच्छा!" पल भर रुककर शांतवन गंभीरता से बोले, "किंतु पुत्र! यदि कार्य में आवश्यकता से अधिक समय लगे तो तुम कार्य को पूर्ण किए बिना ही लौट आया करो। तुमसे अधिक समय तक बिछोह हमसे सहन नहीं होता। हमारे प्राण कंठ में आ जाते हैं।"

"और पुत्र!" माता ज्ञानवती बोली, "यदि तुमने किसी कार्य में आवश्यकता से अधिक समय लगाया तो संभव है कि जब तुम लौटकर आओ तो हमें जीवित न पा सको।"

श्रवण कुमार ने अपने माता-पिता को सांत्वना दी, "ठीक है! भविष्य में ध्यान रखूँगा।"

अगले दिन पुनः श्रवण कुमार वाटिका में पुष्प लेने गया। पुष्प चुनते-चुनते एकाएक गुलाब का एक काँटा उसकी अंगुली में चुभ गया। पीड़ा से व्याकुल होकर उसने अपना हाथ खींचा तो उसकी अंगुली से लहू बह रहा था।"

संयोग से उसी समय वहाँ एक युवती आई, जिसने अपने आँचल को फाड़ा, उसे बहते पानी में भिगोया और श्रवण कुमार की अंगुली पर बाँध दिया। श्रवण कुमार को उससे बड़ी राहत मिली। उसने उस युवती को धन्यवाद दिया और उसका परिचय पूछा।

युवती ने बताया कि वह ज्ञानदेव की पुत्री विद्या है। श्रवण कुमार जानता था कि ज्ञानदेव उसके पिता के बहुत अच्छे मित्र हैं। विद्या ने श्रवण कुमार से क्षमा माँगते हुए बताया कि वह प्रतिदिन वाटिका से पुष्पों की चोरी किया करती थी।

श्रवण कुमार ने विद्या को समझाते हुए कहा, "चोरी करना पाप है।" और फिर दोनों बातें करते रहे।

श्रवण कुमार ने घर जाकर माता-पिता को अपनी अंगुली में काँटा चुभने

की बात बताई तो वे चिंतित हो उठे, किंतु जब विद्या से भेंट और विद्या द्वारा अपना आँचल फाड़कर अंगुली में चीर बाँधने की बात बताई तो उसके माता-पिता का चेहरा एक अनजानी प्रसन्नता से खिल उठा।

बीतते समय के साथ-साथ श्रवण कुमार और विद्या का मेल-जोल प्रगाढ़ होता गया। श्रवण कुमार के साथ घर से बाहर जो भी घटना घटती, उसे वह पूरी सच्चाई और ईमानदारी के साथ अपने माता-पिता के सामने प्रकट कर देता था।

श्रवण कुमार और विद्या को यह पता ही न चला सका कि कब उनका मेल-जोल गहरे प्रेम में बदल गया। दोनों को एक-दूसरे को देखे बिना चैन न मिलता था। दोनों ही बड़ी उत्सुकता से वाटिका में जाकर पुष्प लाने को लालायित रहते और वहाँ पता ही नहीं चलता कि समय कब बीत जाता।

□

4

श्रवण की देशभक्ति

एक बार अयोध्या में भयंकर सूखा पड़ा। वर्षा के अभाव से अन्न नहीं हुआ। पशुओं के लिए चारा नहीं रहा। दूसरे वर्ष भी वर्षा नहीं हुई। विपत्ति बढ़ती गई। नदी-तालाब सूख चले। सूर्य की प्रचंड किरणों से राज्य की धरती रसहीन हो गई। तृण भस्म हो गए। वृक्ष निष्प्राण हो चले। मनुष्यों और पशुओं में हाहाकार मच गया।

सूखा बढ़ता गया। लोग त्राहि-त्राहि करने लगे। कहीं अन्न नहीं, जल नहीं, तृण नहीं, वर्षा और शीत ऋतुएँ नहीं। धरती से उड़ती धूल और अग्नि में सनी तेज लू। आकाश में पंख पसारे दल के दल उड़ते पक्षियों के दर्शन दुर्लभ हो गए। पशु-पक्षी ही नहीं, कितने मनुष्य काल के गाल में समा गए, कोई संख्या नहीं। मातृ स्तनों में दूध न पाकर कितने सुकुमार शिशु मृत्यु की गोद में सो गए, कौन जाने! नर-कंकाल को देखकर करुणा भी करुणा से भीग जाती, किंतु एक मुट्ठी अन्न किसी को कोई कहाँ से देता! नरेश का अक्षय कोष और धनपतियों के धन अन्न की व्यवस्था कैसे करते? परिस्थिति उत्तरोत्तर बिगड़ती ही चली गई। प्राणों के लाले पड़ गए।

किसी ने बतलाया कि नरमेध यज्ञ किया जाए तो वर्षा हो सकती है। लोगों को बात तो जँची, पर प्राण सबको प्यार होते हैं।

विशाल जन-समाज एकत्र हुआ था, पर सभी चुप थे। सबके सिर झुके थे। अचानक नीरवता भंग हुई। सबने दृष्टि उठाई। देखा, एक दस वर्ष का

अत्यंत सुंदर बालक खड़ा है। उसके अंग-अंग से कोमलता जैसे चू रही थी। उसने कहा, "उपिस्थत महानुभावो! असंख्य प्राणियों की रक्षा एवं देश को संकट की स्थिति से छुटकारा दिलाने के लिए मेरे प्राण सहर्ष प्रस्तुत हैं। यह प्राण देश के हैं और देश के लिए अर्पित हों, इससे अधिक सदुपयोग इनका और क्या होगा? इसी बहाने विश्वात्मा प्रभु की सेवा इस नश्वर काया से हो जाएगी।" यह बालक कोई और नहीं, श्रवण था।

"बेटा श्रवण! तू धन्य है!" चिल्लाते हुए एक व्यक्ति ने दौड़कर उसे अपने हृदय से लगा लिया। वे उसके पिता थे। "तूने अपने पूर्वजों को अमर कर दिया।" श्रवण की माता ज्ञानवती भी वहीं थी। वह समीप आ गई। उनकी

आँखें झर रही थीं। उन्होंने श्रवण को अपनी छाती से इस प्रकार चिपका लिया, जैसे कभी नहीं छोड़ सकेगी।

नियत समय पर समारोह के साथ यज्ञ प्रारंभ हुआ। श्रवण को अनेक तीर्थों के जल से स्नान कराकर नवीन वस्त्राभूषण पहनाए गए। सुगंधित चंदन लगाया गया। पुष्प-मालाओं से अलंकृत किया गया। बालक यज्ञ-मंडप में आया। यज्ञ-स्तंभ के समीप खड़ा होकर वह देवराज इंद्र का स्मरण करने लगा।

यज्ञ-मंडप शांत एवं नीरव था। श्रवण सिर झुकाए बलि के लिए तैयार था; एकत्र जन-समुदाय मौन होकर उधर एकटक देख रहा था, उसी क्षण शून्य में एक विचित्र बाजे बज उठे। श्रवण पर पारिजात-पुष्पों की वृष्टि होने लगी। सहसा मेघध्वनि के साथ वज्रधर सुरेंद्र प्रकट हो गए। सब लोग आँख फाड़े आश्चर्य के साथ देख-सुन रहे थे। श्रवण के मस्तक पर अत्यंत प्यार से अपना वरदहस्त फेरते हुए सुरपति बोले, "वत्स! मैं तेरी भक्ति और देश की कल्याण भावना से संतुष्ट हूँ। जिस देश के बालक देश की रक्षा के लिए प्राण अर्पण करने को प्रतिक्षण प्रस्तुत रहते हैं, उस देश का कभी पतन नहीं हो सकता। तेरे त्याग से संतुष्ट होकर मैं बलि के बिना ही यज्ञ-फल प्रदान कर दूँगा।" कहकर देवेंद्र अदृश्य हो गए।

दूसरे दिन इतनी वर्षा हुई कि धरती पर जल ही जल दिखने लगा। सर्वत्र अन्न-जल, फल-फूल का प्राचुर्य हो गया। देशप्राण श्रवण के त्याग, तप एवं कल्याण की भावना ने सर्वत्र पवित्र आनंद की सरिता बहा दी।

□

5

श्रवण की दयालुता

एक दिन श्रवण कुमार अपने मित्रों के साथ शाम को टहलकर घर लौट रहा था। उसने देखा कि सामने से एक घोड़ा आ रहा है। घोड़े की पीठ पर जीन कसी थी, लेकिन कोई सवार उस पर नहीं था। घोड़े को देखते ही श्रवण ने कहा, "यह किसका घोड़ा है, इसका सवार कहाँ गया?"

मित्रों ने कहा, "किसी मदिरा पीनेवाले का होगा। वह कहीं मदिरा पान करके नशे में बेसुध पड़ा होगा।"

श्रवण बोला, "उसे ढूँढ़ना चाहिए।"

मित्र झल्लाए, "अँधेरा हो रहा है और तुम्हें एक मदिरापन करनेवाले को ढूँढ़ने की पड़ी है?"

लेकिन बचपन से ही जिसमें जो स्वभाव हो, उसे वह छोड़ नहीं सकता। श्रवण बहुत छोटेपन से अत्यंत दयालु था। किसी व्यक्ति को संकट में पड़े देखकर उससे सहायता किए बिना रहा नहीं जाता था। उसने कहा, "घोड़े का सवार पता नहीं किस कष्ट में हो? वह मदिरापन किए हुए भी हो तो क्या हुआ? हमें उसके मदिरापन से क्या लेना-देना है? हमें तो एक ऐसे मनुष्य की सहायता करनी है, इस समय जिसे हमारी सहायता की बहुत आवश्यकता है। मैं तो उसे ढूँढ़ने जाता हूँ। मनुष्य को मनुष्य की सहायता करनी ही चाहिए।"

मित्र बिगड़कर बोले, "तुम अकेले ही मनुष्य हो। हम लोग जैसे सब मनुष्य नहीं, पशु हैं! तुम अपनी मनुष्यता को अपने पास रखो।"

मित्र अपने-अपने घर चले गए, किंतु श्रवण अकेला ही घोड़े के सवार को ढूँढ़ने चल पड़ा। सचमुच उसे रास्ते के किनारे बेहोश पड़ा मदिरापान करनेवाला ही मिला। वह इतनी मदिरा पीए हुए था कि बहुत हिलाने-डुलाने पर भी होश में नहीं आता था। श्रवण उसे उठाकर घर ले आया।

श्रवण के असहाय अंधे माता-पिता तो बेचारे कुछ भी नहीं कर सकते थे। अतः श्रवण ने ही उस व्यक्ति को नहला-धुलाकर उसके कपड़े बदले और उसे भोजन करा दिया।

प्रातः जब व्यक्ति को होश आया और अपने व्यवहार का पता चला तो वह बहुत शर्मिंदा हुआ। श्रवण के माता-पिता से उसने क्षमा माँगी और भविष्य में फिर कभी मदिरा न पीने की कसम खाई।

□

6

श्रवण का साहस

जाड़े के दिन थे। अचानक शोर मचने लगा कि 'सरयू नदी के किनारे पर एक नाव कीचड़ में फँस गई है और उस पर बैठे हुए लोग बड़े संकट में हैं।' इस बात को सुनते ही चारों ओर से लोग एकत्र होने लगे और चिंता करने लगे। उस समय वहाँ दूसरी नाव भी न थी, जिससे उनको बचाया जा सके। पूरे दिन सब लोग खाए-पीए बिना नदी में फँसे रहे। पानी बहुत गहरा होने के कारण कोई तैर करके भी वहाँ नहीं जा सकता था। बहुत लोग दया प्रकट करने लगे पर किसी का साहस न हुआ कि उनको बचा सकें। इतने में एक बालक वहाँ आया। नाव के आदमियों पर उसको बड़ी दया आई। वह बहुत बलवान न था, परंतु था बड़ा साहसी। इसलिए तुरंत बोल उठा, "मैं उनको बचाने के लिए जाता हूँ।" वह बालक श्रवण था, इतना कहकर उसने एक आदमी से रस्सा लेकर उसके छोर को अपनी कमर में बाँधा और नदी में कूद पड़ा। सब लोग उसका साहस देखकर आश्चर्य करने लगे और उसकी सफलता के लिए ईश्वर से प्रार्थना करने लगे।

श्रवण बड़ी कठिनता से पानी में तैरने लगा। उसके मन में यह विश्वास था कि मैं संकट में घिरे लोगों को अवश्य बचा लूँगा।

गहरे पानी में लंबी दूरी तक तैरना कठिन काम है। दूसरे लोग, जो यह सबकुछ देख रहे थे, उनके शरीर उसकी अपेक्षा बहुत मजबूत होने पर भी वे तैरने से डरते थे। श्रवण दया के आवेश में कष्ट उठाकर भी नाव के पास

पहुँच गया। किनारे पर खड़े हुए उसके मित्र ने वह रस्सी पकड़ रखी थी, ताकि यदि वह तैर न सके तो उसको वापस खींच लिया जाए। उसके बाद नदी में से एक आदमी को साथ लेकर वह तैरता हुआ किनारे पर लौट आया। उसके बाद दूसरी बार गया और फिर दूसरी बार एक आदमी को साथ लेकर आया। इस प्रकार छह बार जाकर उसने छह आदमियों के प्राण बचाए। अब वह खूब थक गया था, फिर सातवीं बार जाकर उसने एक दुर्बल लड़के को लाने का प्रयत्न किया। लड़का दुर्बल होने के कारण ठीक से तैर न सका और डूब गया। तब उसने डुबकी मारकर उसे ऊपर निकाला। इस प्रकार दो बार उसने डुबकी मारकर उसे निकाला। अंत में बड़ी कठिनता से उसको भी किनारे ले आया। किनारे पर खड़े व्यक्तियों ने प्रत्येक बार ऊँचे स्वर में उसको शाबादी दी और अंतिम बार तो उसको खूब शाबाशी दी।

इस प्रकार श्रवण ने अपने साहस और सूझ-बूझ से कई लोगों की जान बचाई। इस बात की खबर जब उसके माता-पिता को चली तो पहले तो वे बहुत क्रोधित हुए, परंतु बाद में उन्हें अपने नन्हे श्रवण पर बहुत गर्व हुआ, उन्होंने उसे गले से लगा लिया।

□

7

गाँव को डूबने से बचाया

श्रवण कुमार का गाँव सरयू नदी के निकट था। सतह से नीचा होने के कारण कभी-कभी नदी का जल आकर उस गाँव को डुबा देता था। इस दुःख से बचने के लिए वहाँ के लोगों ने नदी के किनारे एक ऊँचा बाँध बना रखा था। फिर भी कभी-कभी जल का इतना वेग होता कि वह बाँध तोड़कर वहाँ के लोगों को नुकसान पहुँचाता। बाँध टूटने से पहले क्या-क्या नुकसान हुआ था, इस घर के बड़े लोग अपने-अपने बच्चों को बार-बार बताते और कहते कि "यदि बाँध से तनिक भी पानी निकालने लगे तो उसके रोकने का तुरंत उपाय करना चाहिए। नहीं तो वह पानी बाँध तोड़कर एक साथ जोर से आ जाएगा और जान-माल को बड़ी हानि पहुँचाएगा।"

एक दिन जाड़े के समय श्रवण उस बाँध के पास से होकर जा रहा था। इतने में उसने देखा कि बाँध में से धीरे-धीरे पानी निकल रहा है। तुरंत ही उसे अपने माता-पिता की कही बात याद आई, तो उसने विचार किया कि 'दौड़कर मैं यह बात अपने पिता से कहूँ या यहाँ से भागकर किसी ऊँची जगह पर चढ़ जाऊँ।' फिर श्रवण के मन में आया कि 'ऊँची जगह चढ़ने पर मैं अकेला तो बच जाऊँगा, पर दूसरे सभी लोग मर जाएँगे। क्या मैं उनको भी किसी तरह नहीं बचा सकता ? मैं दौड़ता हुआ सबसे कहने जाऊँगा और इतने में पानी जोर से आ जाएगा और छेद बड़ा हो जाने से सारा गाँव डूब जाएगा। इसलिए यदि किसी तरह बाँध में आते हुए जल को रोक सकूँ, तभी मैं, मेरे

माता-पिता तथा इस गाँव के सब लोग बच सकेंगे।'

इसके बाद श्रवण ने सोच-विचारकर अपना हाथ वहाँ दे दिया, जहाँ से जल आ रहा था और इस प्रकार जल का आना तथा छेद का बढ़ना रोक दिया।

सारी रात उसने इसी प्रकार अपना हाथ पानी रोकने में लगाए रखा। एक तो कड़ाके के जाड़े की रात थी, दूसरे वह ठंडी जगह बैठा था और तीसरे उसका हाथ पानी में डूबा हुआ था। इन तीनों कारणों से उसे बहुत अधिक जाड़ा लग रहा था, पर वह इसकी तनिक भी परवाह न करके जहाँ-का-तहाँ ही बैठा रहा। घर पर उसके अंधे माता-पिता का रो-रोककर बुरा हाल हो रहा

था। उधर से जाते हुए एक व्यक्ति ने श्रवण को बाँध के पास बैठे और बाँध के छेद में हाथ घुसते हुए देखकर पूछा, "तू यहाँ क्या कर रहा है?" श्रवण ने लड़खड़ाती हुई आवाज में कहा कि "यहाँ से पानी निकल रहा था, इसको मैंने रोक रखा है, नहीं तो हमारा गाँव डूब जाएगा।" इससे अधिक वह बोल न सका; क्योंकि वह भूखा और घोर शीत के कारण बेसुध हो गया था। इसके बाद उस व्यक्ति ने उसका हाथ निकालकर अपना हाथ वहाँ डाल दिया और सहायता के लिए पुकार मचाई। थोड़ी देर में गाँव के बहुत से लोग वहाँ आ गए और उन्होंने पानी निकलने की जगह को अच्छी तरह भर दिया। इसके बाद श्रवण का लोगों ने बहुत सम्मान किया, क्योंकि स्वयं संकट झेलकर उसने गाँव के लोगों को डूबने से बचाया था। जब इस घटना की जानकारी श्रवण के माता-पिता को मिली तो उनकी खुशी का ठिकाना न रहा। दोनों ने तुरंत श्रवण को गले से लगा लिया।

□

8

श्रवण और वृद्ध

गाँव के रास्ते पर एक दिन एक वृद्ध नाविक बैठा था। भीषण गरमी पड़ रही थी और उसकी लाठी के टूट जाने के कारण उस बेचारे से चला नहीं जाता था। 'रास्ते में कोई गाड़ी मिल जाती तो मुझे मेरे गाँव में पहुँचा देती', इस आशा से बैठा हुआ वह किसी गाड़ी की बाट देख रहा था।

कुछ समय पश्चात् वहाँ गाड़ी आई। उसने अपने को बैठा लेने के लिए उससे प्रार्थना की, परंतु गाड़ीवान ने भाड़ा माँगा। उसके पास कुछ था नहीं, इससे वह नहीं जा सका।

बहुत देर तक दूसरी कोई गाड़ी न आने के कारण वह अंत में एक वृक्ष के नीचे जाकर सो गया। थोड़ी देर के बाद उसकी नींद टूटी तो देखता क्या है कि वर्षा हो रही है और उसके ऊपर किसी ने कपड़ा ओढ़ा दिया हे। पास की एक बालक टूटी हुई लाठी को रस्सी से बाँधकर उसे काम के योग्य बना रहा है। यह देखकर वृद्ध ने उस लड़के से पूछा, "अरे भले लड़के! तू क्यों नंगा बैठा है और मेरे ऊपर अपने कपड़े को तूने क्यों डाल दिया है?"

बालक ने जवाब दिया, "मैं इधर से जा रहा था, इतने में तुमको मैंने पानी में भीगते देखा। तुम गहरी नींद में सोए थे, वर्षा से भीग जाने पर तुम जाग उठते और तुम्हारी नींद जाती रहती, यह बात मुझको अच्छी नहीं लगी। इसके अलावा तुम बूढ़े हो, सर्दी लगने पर बीमार पड़ जाते, इसलिए मैंने अपना वस्त्र उतारकर तुम्हारे ऊपर डाल दिया। मैं बालक हूँ, इससे नंगा रह सकता

हूँ। तुम्हारी टूटी लाठी को देखकर मैं अपनी रस्सी से उसे बाँध रहा हूँ। यहाँ से थोड़ी दूर पर मेरा गाँव है, वहाँ मेरे साथ चलोगे तो मैं अपने पिताजी की नई लाठी तुमको दिला दूँगा।"

उस बालक की यह बात सुनकर उस नाविक को बड़ा आश्चर्य हुआ और उसकी आँखों से एकाएक आँसू गिरने लगे।

यह देखकर लड़के ने उससे पूछा, "तुम क्यों रो रहे हो?" यह सुनकर वृद्ध बोला, "मेरा लड़का भी तुम्हारे जैसा ही भला था और तुम्हारी जैसी ही उसकी मधुर वाणी थी। परंतु अब वह इस दुनिया में नहीं है, बस यही याद करके रोता रहता हूँ।"

लड़का उस बूढ़े, लँगड़े को अपने घर ले आया। जब रास्ते में उस वृद्ध ने उस बालक का नाम पूछा तो वह बोला, "मेरा नाम श्रवण है, मैं पास के ही गाँव में रहता हूँ।"

वृद्ध ऐसे बालक की दयालुता से बड़ा प्रभावित हुआ। उसने श्रवण के घर जाकर उसके माता-पिता को ऐसा पुत्ररत्न उत्पन्न करने के लिए उनकी सराहना की।

□

9

श्रवण ने बचाए बालक के प्राण

गाँव के एक गरीब व्यक्ति की झोंपड़ी में एक दिन आग लग गई। उस समय जो लोग उस झोंपड़ी में थे, भागकर बाहर निकल आए। बाहर आने पर उन्हें याद आया कि एक छोटा बच्चा मकान में ही रह गया है। वे लोग चाहते थे कि उस बालक को निकाल लें, किंतु उस समय तक फूस का छप्पर धधक उठा था। मकान चारों ओर से आग की लपटों से घिर गया था। किसी का साहस उसमें जाकर बच्चे को लाने का नहीं हुआ। बच्चे की माता तथा उसके संबंधी बाहर खड़े रो रहे थे।

आग की लपटों को देखकर वहाँ की पाठशाला के कुछ विद्यार्थी भी दौड़ आए और अग्नि बुझाने का प्रयत्न करने लगे। उनमें से एक विद्यार्थी ने जैसे ही सुना कि जलते घर में एक नन्हा बालक सोया हुआ रह गया है, वैसे ही उसने अपना कुरता उतार फेंका और दौड़कर आग की लपटों में होता हुआ घर में घुस गया। वह जानता नहीं था कि बच्चा किस स्थान पर है, अत: ढूंढ़ने में उसे कुछ समय लगा। बच्चे को गोद में छिपाए दौड़ता हुआ जब वह निकला, बच्चे की माता ने दौड़कर अपने बच्चे को गोद में ले लिया।

उस साहसी बालक का नाम श्रवण था, जिसने अपने को आग की लपटों में डालकर बालक के प्राण बचाए थे। श्रवण स्वयं भी काफी जल गया था, अत: वैद्यजी के यहाँ जाकर उसे अपनी चिकित्सा करानी पड़ी, किंतु अपने सत्साहस से उसने एक शिशु के प्राणों के साथ मनुष्यता की रक्षा की। कर्तव्य के लिए प्राण दे सकनेवाला ही तो सच्चा मनुष्य है।

□

10

श्रवण और ऊधमी बालक

श्रवण जिस पाठशाला में पढ़ता था, उसका नियम था कि कोई भी बालक कुछ अपराध करता था तो गुरुजी उसके वर्ग के दूसरे बालक को पंच बनाकर उसके द्वारा ही फैसला कराते थे और यदि अपराध साबित हो जाता तो उसे रोटी-पानी देकर एक अँधेरी कोठरी में डाल देते थे। साथ ही यह नियम भी था कि यदि कोई बालक उस अपराधी के बदले कोठरी में रहना चाहे तो अपराधी बालक को छोड़कर उस दूसरे बालक को कोठरी में डाल दिया जाता था।

उस पाठशाला में एक शरारती लड़का सदा ही ऊधम मचाता और कैद भोगता था। गुरुजी भी उससे तंग आ गए थे। गुरुजी ने अब यहाँ तक कह दिया था कि 'यदि तुम अब ऊधम मचाओगे तो तुमको सदा के लिए पाठशाला से निकाल दिया जाएगा।'

इतना होने पर भी एक दिन उस ऊधमी लड़के ने एक लड़के को मारा। पंचों ने फैसला देते हुए उसे अपराधी ठहराया। फिर वर्ग में पूछा गया, 'उसके बदले में कोई कैद में जाने के लिए तैयार है?' सब छात्रों ने कहा, "यह बहुत ही उद्दंडी लड़का है, उसके ऊपर हम दया नहीं करेंगे।"

उस समय वह लड़का, जिसको ऊधमी लड़के ने मारा था, सामने आया, उसके मन में दया आ गई और वह बोला, "गुरुजी! मैं उसके बदले कैदखाने में जाने के लिए तैयार हूँ।"

यह सुनकर सबको बड़ा आश्चर्य हुआ। उसके बाद उसे कैदखाने में डाल दिया गया और वह ऊधमी लड़का छोड़ दिया गया। इससे वह विचार करने लगा कि मैंने जिसे मारा था, उसी ने मुझे छुड़ाया। अहा! वह कितना अच्छा लड़का है! उसके मन में इस विषय में तरह-तरह के विचार उठे और वह पश्चात्ताप करने लगा। अंत में उसने गुरुजी से अपने अपराध के लिए क्षमा माँगी और उस लड़के को छोड़ने के लिए प्रार्थना की तथा वचन दिया कि मैं अब कोई बुरा काम नहीं करूँगा। उसके बाद उसने फिर कभी कोई ऐसा अपराध नहीं किया। ऊधमी लड़के द्वारा किए गए अपराध की सजा अपने ऊपर लेनेवाला वह बालक कोई और नहीं, बल्कि दयालु श्रवण कुमार था।

इससे यह शिक्षा मिलती है कि बुरा करनेवाले का हित करके उसे सुधारना चाहिए, न कि बुरी बात कहकर या मारकर अथवा और किसी तरह बदला लेकर। सच्ची क्षमा वही है, जिससे शत्रु का भी हित हो। श्रवण कुमार ऐसा ही सच्चा क्षमाशील था।

□

11

वृद्ध की टोपी

एक वृद्ध रास्ते में बड़ी कठिनता से चला जा रहा था। उस समय हवा बड़े जोरों से चल रही थी। अचानक उस बूढ़े की टोपी हवा में उड़ गई। उसके पास से होकर दो लड़के पाठशाला जा रहे थे। उनसे वृद्ध ने कहा, "मेरी टोपी उड़ गई है। उसे पकड़ो। नहीं तो मैं बिना टोपी का हो जाऊँगा।" वे लड़के उसकी बातों पर ध्यान न देकर टोपी के उड़ने का मजा लेते हुए हँसने लगे। इतने में श्रवण, जोकि अपनी पाठशाला जा रहा था, उसी रास्ते पर आ पहुँचा। उसने तुरंत ही दौड़कर वह टोपी पकड़ ली और अपने कपड़े से धूल झाड़कर तथा पोंछकर उस वृद्ध को दे दी। उसके बाद वे सब लड़के पाठशाला गए।

गुरुजी टोपी वाली घटना को पाठशाला की खिड़की से देख रहे थे। इसलिए पढ़ाने के बाद उन्होंने सब विद्यार्थियों के सामने वह टोपी वाली बात कही और श्रवण के काम की प्रशंसा की तथा उन दोनों लड़कों को बहुत धिक्कारा।

इसके बाद गुरुजी ने अपने पास से एक सुंदर चित्रों की पुस्तक श्रवण को भेंट दी, जिस पर लिखा था—

"श्रवण को उसके अच्छे कार्य के लिए गुरुजी की ओर से यह पुस्तक भेंट की गई है।"

जो लड़के वृद्ध की टोपी उड़ती देखकर हँसे थे, वे इस घटना को देखकर बहुत लज्जित और दुःखी हुए।

□

12

श्रवण और गृहस्थ

एक गृहस्थ एक गाँव के समीप अपनी घोड़ागाड़ी धीरे-धीरे हाँकते हुए आस-पास में कोई जलाशय खोज रहा था; क्योंकि उसके घोड़े बहुत ही थके हुए और प्यासे थे। इतने में एक छोटी सी झोंपड़ी दिखाई पड़ी। यह श्रवण के माता-पिता की झोंपड़ी थी। श्रवण भी इस समय उनके साथ था। थके और प्यासे राहगीर को देखकर तुरंत ही श्रवण झोंपड़ी में जाकर पानी से भरा हुआ एक डोल लाया और गाड़ी आने के पहले ही मार्ग पर जाकर खड़ा हो गया। उस गृहस्थ ने उसे देखकर गाड़ी खड़ी कर दी और श्रवण से पूछा, "लड़के! तू क्या चाहता है?" श्रवण ने कहा, "मैं कुछ नहीं चाहता, मैं तो तुम्हारे घोड़ों को पानी पिलाने आया हूँ।" इतना कहकर उसने अपने हाथ से डोल को घोड़ों के सामने रख दिया। घोड़े पानी पीकर तृप्त हो गए।

उसके पश्चात् उस गृहस्थ ने अपनी थैली में से चाँदी के सिक्के निकाले और श्रवण को देने चाहे। श्रवण बोला, "महाशय! मैं पैसे के लिए पानी नहीं लाया। मेरे माता-पिता अंधे हैं। मैं स्वयं मजदूरी करके इतना धन कमा लेता हूँ कि हम तीनों का गुजारा भली प्रकार हो जाता है। परंतु मेरी माँ कहती है कि किसी प्यासे को पानी पिलाने से पुण्य मिलता है, बस मैं यही सोचकर यहाँ से गुजरनेवाले राहगीरों को पानी पिला देता हूँ। हो सकता है कि इस कार्य का पुण्य मेरे माता-पिता को अंधत्व से मुक्ति दिला सके।"

उस गृहस्थ ने जब लड़के के मुख की ओर देखा तो उसे उसमें परोपकार

और धार्मिकता का तेज दिखाई पड़ा। लड़के के इस सदाचार को देखकर वह बहुत ही प्रसन्न हुआ और मन में ईश्वर की महिमा का गान करने लगा। उसके बाद वह श्रवण को उत्साह के कुछ शब्द कहकर और उसका उपकार मानकर वहाँ से चला गया।

□

13

गाड़ीवान को सहायता

एक दिन एक लड़का गाँव के समीप पाठशाला में पढ़ने जा रहा था। उससे एक गाड़ीवान ने कहा, "तुम इस गाड़ी को पीछे से ढकेल दो तो मैं ऊपर पहुँच सकूँगा।"

"पर पाठशाला का समय हो गया है।" कहकर वह लड़का चला गया और पाठशाला में आकर खेलने लगा।

बेचारा गाड़ीवान कब से बैठा-बैठा थक गया था और उसको भूख भी लगी थी, परंतु कोई आदमी उस रास्ते से नहीं आ-जा रहा था। वह लड़का निकला तो वह भी चला गया। इससे 'अब क्या करूँ ?' यह कहकर वह रोने लगा। इतने में श्रवण कुमार, जो कि बहुत छोटी उम्र का बालक था, उधर से निकला। गाड़ीवान को रोते देखकर उसको दया आई और उसके पास जाकर उसने कहा, "गाड़ीवान भाई! मत रोओ। मैं तुमको गाड़ी ऊपर चढ़ाने में मदद करूँगा। चलो, खड़े हो जाओ।"

इतना सुनते ही वह गाड़ीवान उठकर आगे आया और उसने जुआ पकड़ा। पीछे से श्रवण गाड़ी को ढकेलने लगा। इस तरह गाड़ी को ऊपर पहुँचाकर वह अपनी पुस्तकें हाथ में लेकर पाठशाला की ओर जाने लगा। इतने में उसने गाड़ी के बोरे से नीचे अनाज गिरते हुए देखा तो गाड़ीवान से कहा, "भाई! गाड़ी को खड़ी करो। तुम्हारे बोरे से अनाज नीचे गिर रहा है। उसे बंद करके गाड़ी हाँको।"

गाड़ीवान ने गाड़ी खड़ी कर दी और छेद देखकर बोल उठा, "मैं तुम्हारा बड़ा ही आभारी हूँ। परमात्मा तुम्हारा भला करेगा। यदि तुमने यह बात मुझे न बतलाई होती तो मुझ गरीब आदमी का बहुत ही नुकसान हो जाता।"

इसके बाद श्रवण अपनी पाठशाला की ओर चला गया।

श्रवण जब पाठशाला में पहुँचा तो देर हो चुकी थी। किसी भी दिन वह देर करके नहीं आता था, इससे गुरुजी ने पूछा, "आज तुम्हें देर क्यों हुई ? मैं आज तो तुमको माफ करता हूँ, परंतु भविष्य में ध्यान रखना।"

इसके बाद दोपहर की छुट्टी होने पर सब लड़के खेलने लगे। खेलते-खेलते जिस लड़के ने गाड़ीवान को मदद देने से इनकार किया था, उसने श्रवण से कहा, "तुम क्यों देर से आए हो, यह मैं जानता हूँ। रास्ते में बैठे हुए गाड़ीवान की गाड़ी चढ़वाने में देर लगी होगी और उसके लिए तुम्हें पैसे भी मिले होंगे।"

श्रवण ने कहा, "मैंने पैसे के लिए गाड़ीवान की सहायता नहीं की थी।"

यह सुनकर वह लड़का बोला, "मैं तो पैसे के बिना कोई काम नहीं करता। मुझे भी उसने कहा था, पर बदले में कुछ देने के लिए नहीं कहा था। अतः मैंने इनकार कर दिया था। तू ही मूर्ख है कि जो उससे पैसे नहीं लिये।"

श्रवण ने कहा, "बेचारा गरीब गाड़ीवान अपनी गाड़ी बढ़ा नहीं सकता था। उसकी मदद करना तो मैं अपना कर्तव्य समझता हूँ और मुझे अपने माता-पिता से यही शिक्षा मिली है। उनकी शिक्षा से मैंने यही सीखा है कि विपत्ति में घिरे व्यक्ति की सदैव सहायता करनी चाहिए।"

सारांश यह है कि सेवा का बदला पैसे से लेना तो व्यापार करने के समान है। इसलिए बिना पैसे लिये ही सेवा करनी चाहिए।

□

14

निंदक नहीं, शुभचिंतक

बाल्यावस्था से ही श्रवण को साधु-संतों के प्रवचन सुनने में बड़ी रुचि थी। अकसर वह अपने माता-पिता को लेकर साधु-संतों के प्रवचन सुनने के लिए जाता था। एक दिन गाँव में बहुत पहुँचे हुए संत आए। उनके प्रवचन सुनने श्रद्धालु आते और अपनी शंकाएँ रखते। संत उनका उचित समाधान करते। एक दिन श्रवण ने भी अपनी समस्या उनके सामने रखी। वह बोला, "महाराज! आप सदा हमें नेक और सज्जन बने रहने का उपदेश देते हैं, मगर हमारे इर्द-गिर्द के लोग हमारी इच्छाओं और सीधेपन का लाभ उठाकर हमारी निंदा करते फिरते हैं। कई बार इन सब बातों को सुनकर मन खिन्न हो उठता है और मानवता से विश्वास उठने लगता है। ऐसे में हमारा क्या कर्तव्य है?"

संत कुछ नहीं बोले। वे उठे और श्रवण का हाथ पकड़कर मंडप के पिछवाड़े गली में ले गए। जहाँ कुछ शूकर कूड़े और गंदगी में मुँह मारते हुए घूम रहे थे। संत ने पूछा, "यहाँ क्या देख रहे हो, श्रवण?"

श्रवण ने कहा, "ये शूकर, जो इधर-उधर फैली गंदगी खा रहे हैं।"

संत बोले, "दो बातें साफ हैं। तुम इन शूकरों को गंदगी खाने से कितना ही मना करो, ये नहीं मानेंगे। इन्हें यहाँ से भगा भी दोगे तो कुछ देर बाद फिर यहीं आ जाएँगे। यही स्थिति मनुष्यों की है। आखिर तुम निंदा या आलोचना करने से किस-किसको रोकोगे? दूसरी बात यह है कि ये शूकर सफाई करते

हैं। ये न होते तो यहाँ का वातावरण इससे भी ज्याद्रा गंदा होता। याद रखो, कभी-कभी निंदक या आलोचक ही तुम्हारा ज्यादा भला करता है। हो सकता है कि वह तुम्हारी कमियाँ बता रहा हो! उसकी बातों पर ध्यान दो। देखो कि क्या वह तुम्हारे बारे में कोई ऐसी बात तो नहीं बता रहा, जो तुम्हें नहीं करनी चाहिए? अगर ऐसा है तो तुम उन दोषों को दूर कर एक अच्छे इनसान बन सकते हो।"

□

15

ईश्वर की पहचान

जिस प्रकार बाल्यावस्था में हर बच्चा चंचल एवं जिज्ञासु होता है, उसी प्रकार श्रवण भी अपनी बाल्यावस्था में बहुत जिज्ञासु था। श्रवण हमेशा संतों व ऋषियों से अपने प्रश्नों के समाधान पूछता रहता था। एक दिन श्रवण अपने माता-पिता के साथ एक ऋषि के आश्रम में बैठा था। श्रवण ने ऋषि से पूछा, "महाराज! आप जिस ईश्वर की बात करते हैं, क्या आपने कभी उसे देखा है?"

ऋषि ने सहज भाव से कहा, "हाँ, मैं उस परमेश्वर को सदा देखता हूँ।"

श्रवण बोला, "फिर वह मुझे क्यों नहीं दिखाई देता?"

ऋषि बोले, "क्योंकि तुम अपने आपसे अनभिज्ञ हो। अच्छा बताओ, क्या तुमने कभी अपनी आत्मा को देखा है?"

श्रवण ने कहा, "नहीं, महाराज!"

"क्या तुमने अपने मन को देखा है?" ऋषि बोले।

"नहीं महाराज!" श्रवण ने उत्तर दिया।

"तो तुमने अपनी इच्छाओं को उड़ते हुए जरूर देखा होगा!" ऋषि के इन प्रश्नों से विस्मित होकर श्रवण ने कहा, "महाराज, कोई व्यक्ति इन अमूर्त चीजों को कैसे देख सकता है? कृपया मुझे स्पष्ट समझाइए।"

ऋषि बोले, "जब तुम अपने आपसे इतने अनभिज्ञ हो कि तुमने न अपनी आत्मा अर्थात् स्वयं को देखा है और न अपनी इच्छाओं को जाना-समझा है,

फिर तुम उस ईश्वर को कैसे जान सकते हो, जो इन सबसे भी सूक्ष्म है?"

ऋषि ने समझाते हुए कहा कि पहले स्वयं को पहचानो। स्वयं को पहचानने के तीन रास्ते है—पहला, अपनी त्रुटियों को स्वीकार करो। ऐसा करने से तुम्हारा मन निष्पाप होगा। दूसरा, सबको समान समझो, क्योंकि ईश्वर ने किसी को छोटा या बड़ा बनाकर नहीं भेजा है। तीसरा, प्रतिदिन प्राय: उठकर ईश्वर को प्रणाम करो, जिससे तुम्हारे कार्य ठीक से संपन्न हो सकें तथा संध्याकाल होने से पहले उसे धन्यवाद दो।"

अपने प्रश्न का उत्तर सुनकर श्रवण की जिज्ञासा शांत हुई। उसने ऋषि को प्रणाम किया और अपने माता-पिता के साथ घर लौट आया।

□

16

बालक श्रवण और संत

गाँव के समीप ही किसी संत की छोटी सी कुटिया थी। संत बड़े दयालु प्रवृत्ति के थे। उन्हें छोटे बालकों से अधिक स्नेह था। अकसर वे अपनी कुटिया में गाँव के बालकों को बुलाकर उन्हें फल-फूल तथा अनेक प्रकार के उपहारों के साथ-साथ ज्ञान की बातें बताया करते थे। अपनी छोटी-सी कुटिया में भोजन कराते और लोगों के लिए जो बन पड़ता, करते। सारा गाँव उन्हें सम्मान देता था और लोग बेझिझक उनके पास अपनी समस्याएँ लेकर आते थे। न सिर्फ बड़ों के बीच, बल्कि बच्चों में भी वे खासे लोकप्रिय थे। बच्चों में वे भगवान् के दर्शन करते थे। नित्य सायंकाल संत कुटिया के बाहर बैठ जाते और बाल मंडली उन्हें घेर लेती। बच्चों को वे कहानियाँ सुनाते और उनकी बालसुलभ जिज्ञासाओं का समाधान करते।

एक दिन उन्होंने बच्चों से कहा कि वे उनके लिए उपहार लाए हैं। सभी बच्चे यह सुनकर उनके पास आ गए और अपने-अपने मनपसंद खिलौने ले लिये; किंतु एक बालक ने कुछ भी लेने से इनकार कर दिया। संत को आश्चर्य हुआ। उनके पूछने पर बालक ने जवाब दिया कि उसके पास सबकुछ है। संत ने उसका घर देखनें की इच्छा प्रकट की। तब वह बालक उन्हें अपनी झोंपड़ी में ले गया। यह नन्हा बालक कोई और नहीं, बल्कि दस वर्ष का श्रवण कुमार था।

श्रवण के अंधे माता-पिता से मिलकर संत बहुत ही दुःखी हुए। बोले,

"तुमने अवश्य ही इस बालक को अच्छे संस्कार दिए हैं। आज तक किसी बच्चे ने मुझसे उपहार लेने से मना नहीं किया। किंतु यह पहला बालक है, जिसने कोई उपहार लेने से मना किया है। अवश्य ही यह बालक बड़ा होकर माता-पिता का नाम रोशन करेगा।"

संत श्रवण को ढेर सारा स्नेह और आशीर्वाद देकर अपनी कुटिया में वापस चले गए।

□

17

सहायता

साधु-संतों की संगत तथा उनके द्वारा दिए गए ज्ञान से ही श्रवण को सत्कर्मों की प्रेरणा मिलती थी। श्रवण ने किसी संत का बहुत नाम सुना था।

एक दिन वह संत नगर के चौराहे के बीचोबीच बैठ गए। तभी श्रवण कुमार उनके पास आया और बोला, "मैंने आपका बहुत नाम सुना है। मैं काफी दूर के एक गाँव से आया हूँ और आपका शिष्य बनना चाहता हूँ। कृपया मुझे अपना शिष्य बना लीजिए।"

संत हँसकर बोले, "तुम शिष्य बनना चाहते हो? ठीक है, मैं तुम्हें अपना शिष्य बनाता हूँ, पर केवल आज के लिए।"

श्रवण तैयार हो गया।

संत ने कहा, "तुम यहीं मेरे साथ बैठ जाओ।"

श्रवण बैठ गया। दिन बीतने लगा। संत को इस तरह देख कई लोग आए और उनसे तरह-तरह के सवाल करने लगे, पर संत ने क़िसी का कोई उत्तर नहीं दिया। वे चुपचाप बैठे रहे। शाम हो गई। अँधेरा घिर आया। एक वृद्ध व्यक्ति सिर पर सामान उठाए संत के पास आया। उसने उनसे किसी का पता पूछा। संत ने तत्काल उसका सामान उतारकर अपने सिर पर रख लिया और उसे उस पते पर पहुँचा आए।

श्रवण यह देखकर दंग रह गया। उसने संत से पूछा, "क्या यह कोई

फकीर थे, जो आपने इनकी सहायता की?"

संत मुसकराकर बोले, "नहीं, पर दिन भर जितने भी लोग आए थे, उनमें यही जरूरतमंद था। इसे वास्तव में मदद की जरूरत थी। बाकी लोग तो मतलबी थे। सच्चे जरूरतमंद की ही सहायता करनी चाहिए।"

संत की बात श्रवण के मन-मस्तिष्क में अब पूरी तरह समा चुकी थी। उसका कदम अब एक और ज्ञान की ओर बढ़ चला था।

□

18

जीवन की सार्थकता

श्रवण के पिता शांतवन सरल स्वभाव के साथ-साथ बहुत संयमी तथा ज्ञानी भी थे। वे समय-समय पर पुत्र श्रवण को जीवन की सार्थकता से भी परिचित कराते रहते थे।

एक दिन फुरसत के क्षणों में पिता-पुत्र वार्त्तालाप कर रहे थे। श्रवण की माता भी पिता-पुत्र का वार्त्तालाप बड़े ध्यान से सुन रही थी।

श्रवण ने पिता से जिज्ञासावश प्रश्न किया, "पिताजी! मनुष्य युवावस्था में ही सुख-सुविधा, भोग-विलास में क्यों लिप्त हो जाता है, क्या वह इस आयु में आत्म-कल्याण की साधना नहीं कर सकता?"

शांतवन श्रवण से बोले, "जब तक यह शरीर स्वस्थ है, तभी तक मानव तप, त्याग व इंद्रिय संयम की साधना कर सकता है। परसेवा भी स्वस्थ शरीर के बिना नहीं की जा सकती। वृद्धावस्था में इंद्रियाँ शिथिल पड़ जाएँगी, तब कल्याणकारी कर्म करने का प्रयास वैसे ही निरर्थक होगा, जैसे आग लगने पर कुआँ खोदकर उससे जल निकालकर आग बुझाने की सोचें।"

कुछ क्षण मौन रहकर शांतवन ने कहा, "मानव जीवन एक दीपक के समान है। दीपक का उपयोग कौन किस उद्देश्य से करता है, यह उसकी प्रवृत्ति पर निर्भर है। कोई इसके प्रकाश से सद्कार्य करता है तो कोई तामसी वृत्तिवाला उसके प्रकाश में पाप कर्म करता है। मानव जीवन मिलना दूभर है। इसका उपयोग आत्म-कल्याण में न करके भोगों के लिए करना मानव जीवन

को निरर्थक बनाना है।"

पिता शांतवन द्वारा आत्म-कल्याण पर दिए गए उपदेश श्रवण की अंतरात्मा तक पहुँच गए थे। उसने तभी से प्रण किया कि वह सदैव आत्म-कल्याण के कार्यों को महत्त्व देगा तथा माता-पिता की सेवा में ही जीवन समर्पित कर देगा।

□

19

अनूठी सीख

माता-पिता और परिवार से बाल्यावस्था में मिली शिक्षा एवं संस्कार बाल मस्तिष्क पर अमिट छाप छोड़ देते हैं। बाल्यावस्था में ऐसे ही संस्कार श्रवण कुमार को भी मिले। उसके माता-पिता हमेशा उसे यही शिक्षा देते कि हे पुत्र! कभी भी किसी पराए धन को अपना समझकर लोभवश उसे खर्च मत करना। यदि भूले से भी कोई धन मिले तो उसे परोपकार में लगा देना।

एक दिन बालक श्रवण को कहीं से एक रुपया मिल गया। वह सोचने लगा कि इस रुपए का क्या करे? उसके मित्र ने सुझाव दिया, "पहली बार रुपया मिला है, क्यों न किसी ब्राह्मण को देकर पुण्य प्राप्त किया जाए!"

मित्र की सलाह मानकर श्रवण मंदिर के पुजारी के पास पहुँचा! उन्हें बताया कि वह यह रुपया उसे देने आया है।

पुजारी बोला, "मेरा तो नियम है कि भगवान् का भोग लगाकर जो प्रसाद बचता है, उसी से क्षुधा पूर्ति करता हूँ। मैं एक रुपया लेकर नियम भंग क्यों करूँ? जाकर यह रुपया किसी गरीब को दे दो।"

तभी उसने मंदिर के बाहर कोलाहल सुना। वहाँ राजा सेना के साथ किसी पड़ोसी राज्य पर आक्रमण करने जा रहा था। रास्ते में राजा रथ से उतरा और मंदिर में पहुँचा। वहाँ उसने भगवान् की मूर्ति के सामने सिर झुकाकर युद्ध में जीत का आशीर्वाद माँगा।

बालक श्रवण को लगा कि राजा दूसरे राज्य पर आक्रमण करके उसे

लूटने जा रहा है। वह अवश्य गरीब होगा। बालक श्रवण ने वह रुपया राजा को देते हुए कहा, "आप धन के लिए दूसरे राज्य में जाकर खून-खराबा न करें। मैं आपको एक रुपया देता हूँ। शायद आपकी गरीबी ही आपसे यह सबकुछ करवाने के लिए विवश कर रही है, मुझसे ब्राह्मण देव ने भी कहा है कि यह रुपया जाकर किसी गरीब को दे देना। अब भला आपसे अधिक गरीब मुझे और कहाँ मिलेगा?"

बालक श्रवण की तोतली जुबान में कहे शब्दों ने राजा के विवेक को झकझोरकर रख दिया। इसके पश्चात् राजा ने भविष्य में कभी भी किसी राज्य को अपने अधीन न बनाने की प्रतिज्ञा की।

□

20

अनूठी भिक्षा

अंधत्व का बोझ, उस पर दरिद्रता से शांतवन कभी-कभी विचलित होने लगते थे, परंतु उनकी पत्नी उन्हें हमेशा सांत्वना देती और कहती, "प्राणनाथ! आप चिंतित न हों, जब हमारा श्रवण युवा हो जाएगा तो अवश्य ही इन दुःखों से छुटकारा मिल जाएगा।"

श्रवण उस समय बहुत ही छोटा था और इन कठिनाइयों से सामना करना उसके वश में नहीं था।

गाँव के समीप एक संत रहते थे। वे लोगों को सदाचार व धर्म का उपदेश देते थे। जब वे भिक्षा माँगने निकलते और कोई स्वेच्छा से कुछ दे जाता, उसे अपने कमंडलु में रखकर आशीर्वाद देते थे।

अपने शिष्यों के साथ एक बार उन्होंने शांतवन के द्वार पर भिक्षा के लिए आवाज लगाई। आवाज सुनकर श्रवण झोंपड़ी से बाहर निकला। श्रवण ने बाबा को हाथ जोड़कर प्रणाम किया और खड़ा हो गया। उसकी आँखों से आँसू बहने लगे।

संत उसकी बेबसी समझ गए। वे बोले, "बालक, भिक्षा में कुछ भी दो।"

श्रवण बोला, "बाबा, भिक्षा तो मैं देना चाहता हूँ, किंतु हमारे घर में कुछ भी नहीं है। हम स्वयं दो दिन से भूखे हैं।" यह कहते-कहते श्रवण रो पड़ा।

संत का हृदय बालक के प्रेम को देखकर द्रवित हो उठा। वे उसके सिर पर हाथ फेरकर बोले, "बेटा, निराश नहीं होना चाहिए। एक मुट्ठी धूल लाकर मेरे कमंडलु में डाल दो। यह धूल ही मेरे लिए सबसे अनूठी भिक्षा होगी।"

श्रवण ने एक मुट्ठी धूल बाबा के कमंडलु में डाल दी। संत ने उसके सिर पर हाथ फेरकर कहा, "भिक्षा देने की नीयत रखो। भगवान् एक दिन तुम्हें संपन्न बनाएँगे।" कहकर बाबा चल दिए।

संत के शिष्य ने उनसे पूछा, "महाराज, आपने भिक्षा में धूल क्यों माँगी?"

संत ने कहा, "शिष्य, बालक की नीयत भिक्षा देने की थी। घर में कुछ नहीं था, यह उसकी बेबसी थी। यदि मैं उसे निराश करता तो उसे यह बात कचोटती रहती कि हम साधु को एक रोटी देने लायक भी नहीं हैं। धूल देकर उसके बदले मिले आशीर्वाद से वह गौरव का अनुभव कर रहा था। मैंने अपने साधु-धर्म का पालन किया है।"

□

21
अपनी तृष्णा त्यागो

किसी कारणवश श्रवण उस दिन पाठशाला में शिक्षा ग्रहण करने नहीं जा सका। श्रवण बहुत दुःखी मन से बैठा हुआ था। श्रवण को इस प्रकार दुःखी देखकर शांतवन बोले, "पुत्र श्रवण, क्या बात है, आज तुम इतने दुःखी क्यों हो?"

"पिताजी! मैं पाठशाला न जाने पर गुरुजी द्वारा दिए जाने वाले ज्ञान से अनभिज्ञ रह जाऊँगा, बस मुझे इसी बात का दुःख सता रहा है।" श्रवण ने दुःखी स्वर में कहा।

"तुम चिंता क्यों करते हो, चलो आज मैं तुम्हें एक कथा सुनाकर तुम्हारे ज्ञान के अभाव को पूर्ण कर देता हूँ, सुनो—

एक संत ने वर्षों से सत्संग के लिए आ रहे एक व्यक्ति को धर्म और साधना के प्रति रुचि देखी तो सोचा कि अब इसे सांसारिक प्रपंचों से बचाकर साधना-भक्ति में ही लगाना होगा। उन्होंने उसे संन्यास की दीक्षा दे दी, फिर अपनी कुटिया उसे सौंपते हुए बोले, "तुम यहाँ रहकर साधना करो। ध्यान रखना कि केवल आत्म-कल्याण तक सीमित न रहो। संन्यासी का धर्म यही है कि वह समाज के कल्याण का चिंतन भी अवश्य करता रहे।"

संत धर्म-प्रचार करने निकल पड़े। कुछ वर्ष बाद वे उस क्षेत्र में पुनः आए तो सोचा कि शिष्य संन्यासी से मिलना चाहिए। वहाँ पहुँचे तो कुटिया की जगह भव्य आश्रम देखकर वे चकित हो उठे। अंदर पहुँचे तो देखा कि शिष्य

पूजा-आरती के बाद अंगों पर भस्म लगा रहा है। अभी वह भस्म लगा ही रहा था कि उसे गुरुदेव की आवाज सुनाई दी। शिष्य गुरु को देखते ही उनके चरणों में गिर पड़ा। संत ने पूछा, "साधना ठीक हो रही है?"

शिष्य ने कहा, "गुरुदेव, साधना में विघ्न पड़ गया है। जिस व्यक्ति ने आश्रम के लिए भूमि दान दी थी, वह इसकी कीमत करोड़ों में हो जाने के कारण अब वापस माँग रहा है।"

संत ने कहा, "वत्स! मैंने कुटिया में रहकर साधना की, तुमने भव्य भवन बनाने के लिए दूर-दूर जाकर चंदा माँगा। क्या कभी तुमने अंदर झाँककर देखा कि भव्य भवन बनाकर महाधिपति बनने की तृष्णा क्यों पैदा हो रही थी?"

गुरु के वचनों ने शिष्य का विवेक जाग्रत् कर दिया और आश्रम के कमरे में रखा कमंडलु उठाकर वह गुरुदेव के साथ धर्म-प्रचार के लिए निकल पड़ा।

कहानी सुनकर श्रवण को लगा, जैसे उस दिन का ज्ञान पूरा हो गया हो। आज उसने सदाचार का एक और अध्याय ग्रहण कर लिया था। श्रवण के चेहरे पर प्रसन्नता साफ झलक रही थी।

□

22
विश्वास का महत्त्व

मानवता, धर्म, त्याग, सम्मान, सदाचार की शिक्षा श्रवण को बाल्यावस्था से ही मिली थी। श्रवण के पिता अकसर श्रवण को कहानियों के द्वारा सदाचार और संस्कारों का ज्ञान कराते रहते थे। एक दिन श्रवण के पिता ने श्रवण को एक कहानी सुनाते हुए कहा, "पुत्र श्रवण! आज मैं तुम्हें एक ऐसी कहानी सुनाता हूँ, जिससे तुम जानोगे कि व्यक्ति के जीवन में विश्वास का क्या महत्त्व है, तो सुनो—

किसी गाँव में एक व्यापारी की छोटी-सी दुकान थी।

एक दिन दोपहर के समय उसकी दुकान पर एक डाकू आया और वहीं बैठ गया। कोई भी उसे पहचानता नहीं था। भोजन का समय होते ही दुकानदार ने उस डाकू को अपनी दुकान सौंप दी और स्वयं भोजन के लिए घर चला गया।

कुछ देर बाद डाकू की टोली का एक सदस्य कुछ सामान खरीदने के लिए आया और अपने साथी को बैठा देखकर बोला, "मित्र! बहुत अच्छा मौका मिला है, एक ही बार में बेड़ा पार हो जाएगा।"

"तुम जल्दी से चले जाओ यहाँ से।" दुकान पर बैठे डाकू ने कहा, "ऐसा विश्वासघात करने से हमारा सर्वनाश हो जाएगा। इस समय दुकान पर बुरी नजर डालोगे तो तुम्हारी खैर नहीं, यहाँ से चलते बनो।"

अपने साथी से यह उत्तर पाकर वह व्यक्ति चुप हो गया और चुपचाप

लौट गया। थोड़ी देर बाद भोजन करके दुकानदार लौट आया। डाकू ने खड़े होकर कहा, "सँभालिए अपनी यह दुकान और गिन लीजिए पैसे, कोई हेर-फेर तो नहीं हुआ है ?"

दुकानदार बोला, "अरे भाई, इस तरह क्यों बोलते हो ? मैं आप पर पूरा विश्वास करके ही अपनी दुकान सौंपकर गया था, फिर देखने-सुनने की बात कहाँ है ?"

दुकानदार के मुख से ऐसे आत्मीयता भरे शब्द सुनकर डाकू का हृदय भर आया। उसने दुकानदार के चरण छुए और अपना परिचय दिया। उसने प्रतिज्ञा की कि मैं भविष्य में कभी चोरी या डकैती नहीं करूँगा।

कहानी सुनाकर श्रवण के पिता बोले, "पुत्र श्रवण! यदि हम अपने जीवन में किसी पर विश्वास करते हैं तो उसमें शक की कोई गुंजाइश नहीं होनी चाहिए। विश्वास का जीवन में बहुत बड़ा महत्त्व है, यह कहानी हमें यही बताती है।"

□

23
सबसे बड़ा धर्म

गाँव के बाहर श्रवण पाठशाला में नियमित शिक्षा ग्रहण करने जाता था। उसके पश्चात् वह घर आकर सभी बचे कार्य करता तथा माता-पिता की सेवा में रम जाता था।

श्रवण पाठशाला में जाकर संस्कार ज्ञान का पाठ पढ़ता। उसके गुरु भी श्रवण का बहुत ध्यान रखते और उसे स्नेह करते थे। पढ़ाई के साथ-ही-साथ बीच-बीच में ज्ञान, उपदेश भी चलता रहता। एक दिन गुरुजी ने अपने शिष्यों से पूछा, "पाठशाला में अवकाश के समय जब तुम सब घर जाते हो तो अपने परिवार की किस तरह से सहायता करते हो?"

एक शिष्य बोला, "गुरुजी! मैं जब भी परिवार के साथ होता हूँ तो अपने कपड़े स्वयं धोता हूँ।"

दूसरा शिष्य बोला, "गुरुजी, मैं अपनी माँ के साथ रसोई के काम में हाथ बँटाता हूँ।"

तीसरा शिष्य बोला, "गुरुजी, मैं घर की साफ-सफाई का ध्यान रखता हूँ।"

सभी शिष्यों ने एक-एक बार गुरुजी के प्रश्न का उत्तर दिया।

परंतु वहाँ बैठा श्रवण कुछ भी नहीं बोला।

गुरुजी ने श्रवण से पूछा, "क्या बात है श्रवण! तुम चुप क्यों हो? क्या तुम अपने परिवार की किसी भी तरह से सहायता नहीं करते? क्या तुम परिवार

के किसी काम में हाथ नहीं बँटाते?"

श्रवण पहले तो एकाएक सकपकाया, पर थोड़ी देर बाद संयत होकर बोला, "गुरुजी! मैं अपने परिवार की कुछ सहायता करता हूँ या नहीं करता, यह तो मैं नहीं जानता, पर मैं एक बात अवश्य करता हूँ—जब भी अपने माता-पिता के साथ होता हूँ, तब प्रयास करता हूँ कि उन्हें किसी प्रकार का कोई कष्ट न हो। उनकी सेवा ही मेरे लिए सबसे बड़ा धर्म और कार्य है।"

श्रवण की बात सुनकर गुरुजी भावुक हो उठे। उन्होंने श्रवण को गले से लगाकर कहा, "पुत्र श्रवण! माता-पिता और परिवार के प्रति सबसे बड़ा कार्य यही है कि तुम अपने अंधे माता-पिता के कार्यों को पूर्ण कर उनकी देखभाल करते हो और यही सबसे बड़ा धर्म है।"

□

24
स्वयं की रोशनी

एक दिन की बात है। श्रवण किसी साधु के आश्रम में प्रवचन सुनने चला गया। प्रवचनों को सुनते-सुनते वह इतना लीन हो गया कि उसे पता ही नहीं चला कि कब शाम ढल गई और अंधकार गहराने लगा। श्रवण जिस समय आश्रम से विदा हुआ, तब रात हो चुकी थी। रात भी अँधियारी थी। श्रवण ने साधु से निवेदन किया, "महाराज, अँधेरी रात है। बाहर घना अँधेरा है। आप कृपा कर रोशनी की कुछ व्यवस्था करा दें।"

साधु ने एक दीपक जलाया और श्रवण के साथ हो लिया। चलते-चलते जब आश्रम का द्वार आ गया तो साधु ने कहा, "अब मैं तुमसे अलग होता हूँ, क्योंकि जीवन की इस राह पर कोई भी किसी का दूर तक साथ नहीं दे सक़ता। मैं चाहता हूँ, इससे पहले कि मैं तुमसे अलग हो जाऊँ, तुम इस बात को भली-भाँति समझ लो, तुम इसके आदी हो जाओ।" यह कहकर साधु ने फूँक मारकर उस दीपक को बुझा दिया।

श्रवण कुछ समझ नहीं पाया। वह बोला, "महाराज! आपने यह क्या किया? अभी तो हम आश्रम के द्वार से भी नहीं निकले हैं। आपने मेरा साथ भी छोड़ दिया और दीपक भी बुझा दिया! कम-से-कम यह दीपक ही मुझे दे देते। मैं इसके ही सहारे कुछ और रास्ता तो तय कर लेता। कुछ दूर आराम से पहुँच जाता!"

साधु ने श्रवण को शांत करते हुए कहा, "ध्यान रहे, दूसरे के जलाए हुए

दीपकों का कोई मूल्य नहीं हे। स्वयं के भीतर से रोशनी की लौ प्रज्वलित हो तो रास्ता प्रकाशित होता है। अब जब तुम आश्रम से जा रहे हो तो मैं चाहता हूं कि तुम जाते-जाते इस रहस्य से भी परिचित हो जाओ और अपने जीवन की राह में स्वयं रोशनी प्रकाशित करो।"

बातों-बातों में साधु ने श्रवण को ऐसे ज्ञान से परिचित करा दिया था, जो उसके जीवन में बहुत ही महत्त्व रखता था। श्रवण ने उस साधु की बताई बात जीवन भर याद रखी और उस पर अमल भी किया।

□

25
प्रकृति का नियम

प्रकृति को ईश्वर का दूसरा रूप माना गया है। इसके द्वारा बनाए गए नियम आज ही नहीं अपितु हजारों वर्ष पूर्व भी लागू होते थे। एक दिन की बात है। श्रवण जंगल से लकड़ी लेकर लौट रहा था। उसे रास्ते में एक झोंपड़ी में एक वृद्धा मिली, जो बड़ी लगन से चरखा चला रही थी।

श्रवण को भी थोड़ी थकान महसूस हो रही थी। अत: वह कुछ देर आराम करने के लिए उस वृद्धा के पास बैठ गया। बैठने के पश्चात् श्रवण वृद्धा से बोला, "माई! जीवन भर तुमने चरखा चलाया है, कभी उस ईश्वर को जानने का प्रयास भी किया है?"

वृद्धा ने जवाब दिया, "बेटा, सबकुछ तो इस चरखे में ही देख लिया है।"

श्रवण चौंका और उसने पूछा, "कैसे?" वृद्धा ने जवाब दिया, "जब मैं इस चरखे को चलाती हूँ तब यह चलता है। जब मैं इसे छोड़ देती हूँ तो बंद हो जाता है। चलाए बिना नहीं चलता। इस दुनिया में पृथ्वी, आसमान, चाँद, सूरज, ये जो बड़े-बड़े चरखे हैं, इनको भी चलाने के लिए कोई एक होना चाहिए।"

"जब तक वह चला रहा है, ये चल रहे हैं। मिसाल के तौर पर जब मैं इसे चलाती हूँ तो यह मेरे हिसाब से चलता रहता है और यदि मेरे सामने कोई बैठ जाए तो इस चरखे को चलाने लगे तो यह चरखा तभी ठीक से चलेगा, जब सामनेवाला मेरी चाल के अनुरूप इसको चलाए। यदि वे मेरे

चलाने के विपरीत चलाएगा तो यह चलेगा नहीं, टूट जाएगा। बस यही नियम उस ऊपरवाले की दुनिया का है। उसने जिस ढंग से यह प्रकृति बनाई है, हमें उसके नियमों का पालन करना चाहिए और यदि हम दूसरी तरफ चलानेवाला बनकर उल्टा चलाएँगे, यानी प्रकृति के नियमों को तोड़ेंगे, उस ईश्वर के बनाए नियमों को नहीं मानेंगे, तो नुकसान उठाएँगे। इसी का नाम पूजा है।"

वृद्धा की बात श्रवण की समझ में आ गई। पर्यावरण का संकट, मानव की सेहत की परेशानी उल्टी चाल से ही उत्पन्न होती है।

□

26

ज्ञान का सदुपयोग

सच्चा ज्ञानी व्यक्ति अपने ज्ञान की सीमा जानता है। इसी कारण उसमें अहंकार जन्म नहीं ले पाता। अल्पज्ञ अपने आपको सर्वज्ञानी समझकर अहंकारी हो जाता है। एक बार इसी विषय पर सरयू के किनारे व्याख्यान चल रहा था। गुरुजी की शिष्य मंडली में से श्रवण कुमार उनके पास आया और कहने लगा, "गुरुदेव! आपने इतना अधिक ज्ञान कैसे प्राप्त किया होगा? यह सोचकर मुझे आप पर आश्चर्य और गर्व होता है।"

गुरु ने श्रवण से कहा, "तुम्हें किसने कहा है कि मेरे पास ज्ञान का भंडार है?"

श्रवण एकदम झेंप गया। यह वार्तालाप सुनकर अन्य शिष्य भी उनके पास आ गए। गुरुजी ने अपने शिष्यों को अपने ज्ञान का अहंकार उत्पन्न न हो, यह समझाने के लिए अपने हाथ में एक पतली टहनी लेकर उसे नदी में डुबाया। कुछ देर बाद बाहर निकाला और शिष्यों से पूछा, "इसने कितना पानी ग्रहण किया?"

कुछ शिष्यों ने कहा, "मात्र कुछ बूँद।"

गुरुजी ने कहा, "इसी प्रकार मैं भी ज्ञान के सागर में डुबकी लगाता हूँ और बाहर निकलने पर मुझे अनुभूति होती है कि मैं कितना कम जानता हूँ! मैं लगातार ज्ञान ग्रहण करने की कोशिश करता रहता हूँ।

"मनुष्य के ज्ञान ग्रहण करने की क्षमता का कभी अंत नहीं होता। ज्ञान

की कोई सीमा नहीं है। अल्पज्ञ व्यक्ति ज्ञान की कुछ बातों को जानकर अपने आपको सर्वज्ञ समझने की चेष्टा करते हैं। हमें हर समय कुछ-न-कुछ ज्ञान ग्रहण करते रहना चाहिए। मुझे भी अभी बहुत ज्ञान ग्रहण करना है।"

उनकी बातें सुनकर श्रवण को शिक्षा मिल गई कि ज्ञान ऐसा समुद्र है, जिसमें जितना प्राप्त होगा, उतना ही कम लगेगा। अत: ज्ञान का सदुपयोग परोपकार में हो, अहंकार उत्पन्न करने में न हो।

□

27

साधु की चिंता

कई बार मनुष्य को अनावश्यक चिंताएँ सताने लगती हैं। इन चिंताओं के कारण से ही वह अपने स्वभाव, व्यवहार आदि में भी परिवर्तन कर लेता है, लेकिन इस बारे में वह स्वयं नहीं जान पाता। एक दिन श्रवण कुमार एक साधु को लेकर अपने गाँव जा रहा था।

साधु बार-बार श्रवण से पूछता कि अभी गाँव कितनी दूर है? श्रवण उनकी बातों से हैरान था। वह सोचने लगा कि साधु तो कभी इतनी अधीरता नहीं दिखाते। आखिर ऐसा क्या हो गया है कि जिसकी वजह से साधुजी इतने चिंतित हैं। जब वह साधु से यह जानना चाहता, तो वह टाल जाता और तेजी से चलने को कहता।

चलते-चलते श्रवण ने देखा कि साधु बार-बार अपने झोलो को सँभाल रहा है। हो न हो, इस झोले में कुछ ऐसी वस्तु है, जो साधु को विचलित कर रही है।

चलते-चलते रास्ते में एक कुआँ आया, जहाँ वे हाथ-मुँह धोने के लिए रुके। अवसर देखकर श्रवण ने साधु का झोला देखा। झोले में उसे सोने की ईंट नजर आई। वह समझ गया कि साधु इस सोने की ईंट के मोह में आ गया है। इसलिए वह तेजी दिखा रहा है। श्रवण ने वह ईंट निकालकर कुएँ में फेंक दी और उसकी जगह पत्थर रख दिए। जब रात होने को आई और कोई गाँव नहीं दिखा, तो साधुबाबा काफी चिंतित हुए।

उन्होंने श्रवण से कहा, "कहीं हम रास्ता तो नहीं भटक गए?"

श्रवण ने कहा, "बाबा, अब रास्ता भटक भी जाएँ, तो कोई चिंता नहीं। आपकी चिंता को मैं कुएँ में फेंक आया हूँ।"

श्रवण के ऐसा कहने पर बाबा ने जब अपना झोला देखा तो उसमें उन्हें पत्थर नजर आए। उन्हें एक क्षण धक्का लगा, फिर हँसने लगे। उन्होंने कहा, "तूने अच्छा ही किया, जो ईंट फेंक दी, वरना मैं स्वयं तो परेशान होता ही, तुझे भी परेशान करता। चलो, अब कोई चिंता नहीं, हम यहीं रात्रि विश्राम कर लेते हैं।"

मोह में डूबना नुकसानदायक तो है ही, फिर जीवन में जब फकीरी छाई हो, तब तो मोह और भी हानिकारक होता है।

□

28

पहले स्वयं को सुधारो

बाल्यावस्था में श्रवण को गुड़ बहुत प्रिय था। कभी-कभी श्रवण अधिक मात्रा में गुड़ का सेवन कर लिया करता था। पिता को अब चिंता होने लगी। वे श्रवण को बहलाकर एक योगी के पास ले गए और बोले, "महाराज! मेरा यह पुत्र रोज गुड़ खाता है, कृपया कोई उपाय बताइए, जिससे इसकी यह आदत छूट जाए।"

महात्मा ने कहा, "तुम एक माह पश्चात् मेरे पास आना, तब उपाय बताऊँगा।"

एक माह बाद महात्मा ने श्रवण को अपने पास बुलाया और कुछ देर बात करने के बाद कहा, "बेटा, देख अब कभी गुड़ मत खाना।"

महात्मा द्वारा कही गई इस बात का असर श्रवण के मन पर हुआ। उसने उसी दिन से गुड़ खाना छोड़ दिया। तत्पश्चात् श्रवण के पिता उस महात्मा का धन्यवाद करने पहुँचे और कहा, "महात्माजी, लगता है, आपको कोई जादू आता है, जो आपके एक बार कहने से ही मेरे पुत्र ने गुड़ खाना छोड़ दिया है, लेकिन मुझे यह समझ नहीं आ रहा है कि आपके एक ही वाक्य से ऐसा होना था तो आपने एक माह बाद आने को क्यों कहा, उसी समय आपने गुड़ छोड़ने की बात उसे क्यों नहीं समझाई?"

महात्मा मुसकराकर बोले, "जो मनुष्य स्वयं संयम-नियम का पालन नहीं करता हो, यदि वह दूसरों को पालन करने को कहेगा तो उसके उपदेश

का क्या असर होगा? मैं प्रतिदिन भोजन के साथ गुड़ खाता था। जब मुझे बालक को मना करना था तो पहले मैंने स्वयं गुड़ खाना बंद किया। उसके पश्चात् मैं उसे छोड़ने के लिए कह सका।"

अतः संयम का आरंभ स्वयं से होना चाहिए। संयम बोलने का नहीं, पालन करने का विषय है। संयम के लिए व्यक्ति के अंदर दृढ़ता आवश्यक होती है। जिस व्यक्ति के अंदर दृढ़ता नहीं है, वह संयम का पालन नहीं कर सकता।

□

29

कर्मयोग का महत्त्व

श्रवण उस समय अपनी युवावस्था में था। दिनभर कार्य करने के पश्चात् कभी-कभी वह स्वयं को थका महसूस करने लगता था। एक दिन वह अपने पिता के पास बैठा उनके पाँव दबा रहा था। पिता भी समझ रहे थे कि इतना थकने के पश्चात् भी हमारा पुत्र हमारी सेवा में तनिक भी कसर नहीं रहने देता।

पिता-पुत्र आपस में वार्त्तालाप कर रहे थे। श्रवण बोला, "पिताश्री! आज मुझे कर्मयोग की परिभाषा समझाएँ। कभी-कभी पूरी मेहनत और लगन से कार्य करने के पश्चात् भी हम सफल नहीं हो पाते, ऐसा क्यों?"

पिता पुत्र श्रवण की जिज्ञासा शांत करते हुए बोले, "सुनो श्रवण! इस विषय में मैं तुम्हें एक कहानी सुनाता हूँ—

एक सज्जन का परिवार बहुत ही धार्मिक था। सभी सदस्य कथा-प्रवचन, मंदिर, तीर्थ जाते थे, किंतु वे सज्जन अपने कामकाज की व्यस्तता के कारण आध्यात्मिक कार्यों में रुचि नहीं लेते थे। वे कहते कि मेरा कर्म ही भक्ति है। बात उनकी तार्किक थी। कुछ समय बाद उनके काम-धंधे में ऊँच-नीच होने लगी। वे जितना परिश्रम करते, उतना परिणाम नहीं मिलता।

एक दिन परेशान होकर वे संत के पास पहुँचे। उन्होंने अपने कर्मयोग का सिद्धांत संत को बताया। तब संत ने मुसकराकर उन्हें समझाया कि कर्म भी अनेक प्रकार के होते हैं। जो कर्म शारीरिक है, उन्हें क्रियमाण कहते हैं।

ऐसे कर्मों का फल तत्काल मिल जाता है। जैसे मजदूर ने परिश्रम किया, उसे धन मिल गया। जिन शारीरिक कर्मों के पीछे कोई मानसिक बुद्धि नहीं होती, वे केवल शरीर के द्वारा, शरीर के लिए किए जाते हैं। जो संचित कर्म होते हैं, उनका परिणाम मिल भी सकता है और नहीं भी मिल सकता है। वे विरोधी परिस्थितियों से टकराकर नष्ट भी हो सकते हैं, इसलिए अनेक बार अथक परिश्रम करने के बाद भी सुखद परिणाम नहीं मिल पाते। ये संचित कर्म हैं।

लेकिन प्रारब्ध कर्मों का फल मिलना सुनिश्चित है। हो सकता है कि उसमें समय लग जाए। कई बार लोग अपने परिश्रम की अवहेलना करते हैं और जब असफलता मिलती है, तो उसे प्रारब्ध के माथे मढ़ देते हैं। जो कर्मयोगी हों, वे यह समझ लें कि संचित कर्म और प्रारब्ध के कर्मों में अंतर होता है। संचित कर्म के परिणाम में असफलता मिले तो निराशा न आए, इसलिए अध्यात्म सहारा बन जाता है। इसलिए सत्संग, मंदिर जाना आदि ये सब गुण पुण्य इकट्ठे करने के कार्य हैं। इनसे संचित कर्म करने में सफलता मिलती है। तब उन सज्जन को समझ में आया कि कर्मयोगी भी भक्तिमार्ग पर चलकर अपने कर्मयोग को और सफल बना सकता है।"

कहानी सुनकर श्रवण की जिज्ञासा शांत हो गई। उसके ज्ञान में आज और वृद्धि हो गई।

□

30

अहंकार की निशानी

श्रवण को हमेशा कुछ-न-कुछ ज्ञान अर्जित करने की लालसा रहती थी। इसी कारण वह अकसर साधु-संतों के पास बैठकर उनसे ज्ञान की बातें सुनता था। एक दिन किसी संत-महात्मा का प्रवचन हो रहा था। वे बता रहे थे कि दान, पुण्य, उदारता—ये धर्म-कर्म के मार्ग में बनाए गए कुछ ऐसे सिद्धांत हैं, जिनकी आड़ में अनेक लोगों को ठगा भी जाता है। इसका सही अर्थ न जानने के कारण कई लोग अकारण अहंकारी भी हो गए, जबकि लोगों को इसका सही अर्थ समझना चाहिए। इस संदर्भ में तुम्हें एक कहानी सुनाता हूँ—एक धनी व्यक्ति थे। वे अपने यहाँ आने वाले किसी भी व्यक्ति को निराश नहीं लौटाते थे। उन्हें अपनी इस उदारता पर गर्व भी था। वे समझते थे कि उनके समान दूसरा कोई उदार नहीं है।

एक दिन वे घूमते हुए बाग में पहुँचे। उस समय बाग का चौकीदार भोजन करने की तैयारी में था। तभी वहाँ कहीं से कुत्ता आ गया। चौकीदार ने एक रोटी कुत्ते को दे दी। कुत्ते ने रोटी खा ली और चौकीदार के आगे फिर पूँछ हिलाने लगा। चौकीदार ने उसे दूसरी रोटी भी दे दी।

धनवान सज्जन यह सब देख रहे थे। वे चौकीदार के पास आकर बोले, "तुम्हारे लिए कितनी रोटियाँ आती हैं?"

चौकीदार ने कहा, "दो रोटी!"

"तो फिर तुमने दोनों रोटियाँ कुत्ते को क्यों दे दीं?"

चौकीदार ने जवाब दिया, "कुत्ता पहले कभी नहीं आया था। यह ठीक उस समय आया, जब मेरे लिए रोटियाँ आईं। मुझे ऐसा लगा कि ये रोटियाँ आज मेरे लिए नहीं, बल्कि इसके लिए आई हैं। इसलिए जिसकी वस्तु थी, मैंने उसे दे दी।"

उसकी बात सुनकर धनी व्यक्ति का सिर झुक गया। उसका अभिमान तत्काल नष्ट हो गया।

दरअसल कभी-कभी हम स्वयं को ही केंद्र मानने लग जाते हैं और यहाँ से अहंकार का जन्म होता है। जब तक हम अपने केंद्र से बाहर झाँककर नहीं देखें, तब तक हमें अहसास नहीं होता है कि हम कहाँ पर हैं!

□

31

पहला कदम

उस समय श्रवण की आयु लगभग दस वर्ष की होगी। वह अपने पिता के साथ किसी दूसरे गाँव गया था। लौटते समय अँधेरा हो चला। परंतु उनका गाँव अभी बहुत दूर था। श्रवण के पास एक छोटा कंदील था, लेकिन गाँव के बाहर आकर ही वह ठिठककर रह गया। उसके मन में एक दुविधा पैदा हो गई। उसने महसूस किया कि उसके पास जो कंदील थी, उसका प्रकाश तो दस कदमों से ज्यादा नहीं पड़ रहा था और सफर था दस किलोमीटर का। वह सोचने लगा कि जाना तो दस किलोमीटर है और रोशनी है मात्र दस कदम की। वह रोशनी इतने लंबे सफर के लिए कैसे पूरी पड़ेगी? इतने घुप्प अंधकार में इतनी सी कंदील के प्रकाश को लेकर जाना क्या उचित रहेगा? यह तो सागर में छोटी सी नाव लेकर उतरने जैसा ही है।

अत: इसी चिंता में वह सूर्य निकलने का इंतजार करने लगा। तभी अपने पिता को अपनी दुविधा बताई।

श्रवण के पिता पहले तो हँसे, फिर बोले, "पुत्र! तू पहले दस कदम तो चल। इतना चलने के बाद इतना ही फिर आगे दिखने लगेगा। यदि एक कदम भी आगे का दिखता रहे तो सारी दुनिया की परिक्रमा की जा सकती है।"

बात श्रवण की समझ में आ गई, वह उठा और यात्रा पर चल पड़ा। सूर्य निकलने के पूर्व वह अपने गाँव में था।

जीवन के मार्ग पर क्या पिता की सीख याद रखने योग्य नहीं है? यह सोचकर श्रवण बहुत संतुष्ट था। □

32

अधिकार और कर्तव्य

आम के बगीचे के बाहर एक युवक बैठा हुआ था। बगीचे के मालिक ने युवक से पूछा, "क्या तुम नौकरी करना चाहोगे?"

युवक ने हामी भर दी। उसे बगीचे की देखभाल का काम दे दिया गया। वह मुस्तैदी और लगन के साथ अपने काम को अंजाम देने लगा। इसके अलावा वह किसी और चीज में रुचि नहीं लेता था।

उसके व्यवहार से मालिक बहुत खुश था। इस तरह एक वर्ष बीत गया। एक दिन मालिक ने कहा, "बढ़िया और मीठे आम तोड़कर लाओ।"

युवक गया और कुछ आम तोड़ लाया। पर वे खट्टे निकले।

मालिक ने नाराज होकर कहा, "तुम्हें यहाँ काम करते हुए कितना समय बीत गया, पर अभी तक तुम्हें पता नहीं चला कि कौन से आम अच्छे हैं, कौन से खराब?"

युवक ने विनम्रतापूर्वक कहा, "आपने मुझे बगीचे की रखवाली का भार सौंपा है। आपने यह तो नहीं कहा कि फलों को खाकर देखना, सो मैंने इन्हें हाथ तक नहीं लगाया। भला मुझे कैसे पता चलेगा कि कौन से आम मीठे हैं और कौन से खट्टे? बगीचे की रखवाली करना मेरा कर्तव्य है, लेकिन आम खाने का मुझे कोई अधिकार नहीं है।"

यह सुनकर मालिक बेहद प्रभावित हुआ। उसने कहा, "तुम एक साधारण इनसान नहीं हो। कर्तव्यपरायणता का ऐसा उदाहरण तो मैंने आज

तक नहीं देखा। अब तुम्हें यह काम करने की आवश्यकता नहीं है। तुम यहीं अपने परिवार के साथ आराम से रहो।"

युवक ने सोचा कि अब लोग उसे असाधारण इनसान समझेंगे और तरह-तरह की शंका का समाधान करने उसके पास आने लगेंगे। वे उसका अत्यधिक सत्कार भी करेंगे, जिससे उसकी माता-पिता की सेवा में दिक्कत होगी और उसका एकांत भी समाप्त हो जाएगा। यह सोचकर वह दूसरे ही दिन वहाँ से चला गया। बाद में जब मालिक ने उस युवक का पता लगाया तो जान पाया कि वह युवक कोई और नहीं, बल्कि परम मातृ-पितृभक्त श्रवण था।

□

33

सच्ची पूजा

एक दिन श्रवण के पिता पूजा करने बैठे थे। तभी उन्हें याद आया कि प्रसाद तो है ही नहीं। उन्होंने अपने पुत्र को बुलाकर केले लाने को कहा। श्रवण आज्ञाकारी पुत्र था, भागता हुआ बाजार गया। वहाँ उसने केले खरीदे।

जब वह वापस आ रहा था तो उसके पीछे एक लड़का दौड़ने लगा। जब उसने इसका कारण पूछा तो उसने बताया कि वह भूखा है। उसके पीछे एक औरत भी आ रही थी। वह उस भूखे बच्चे की माँ थी। वह भी भूखी थी। जब उसने माँ-बेटे को भूख से तड़पते हुए देखा तो सोचा कि केलों को घर ले जाने से इन भूखों को देना ही बेहतर है। श्रवण ने वह केले भूखे माँ-बेटे को दे दिए और फिर पानी लाकर उन्हें पिलाया।

माँ व पुत्र की भूख शांत हो गई। उन्होंने उस लड़के के प्रति कृतज्ञता व्यक्त की। खुशी के कारण उनकी आँखें भर आईं। लेकिन श्रवण खाली हाथ घर लौटते हुए डर रहा था। उसे लग रहा था कि उसके पिताजी नाराज होंगे। उसने भगवान् का प्रसाद उन लोगों को खिलाकर उनकी पूजा निष्फल कर दी। पहले उसने सोचा कि घर न जाकर कहीं और चला जाए! फिर उसे खयाल आया कि उससे अंधे माता-पिता चिंतित हो जाएँगे। वह सहमा हुआ घर पहुँचा। देखा कि उसके पिताजी उसका इंतजार कर रहे हैं।

उसने पहुँचते ही कहा, "मुझसे बहुत बड़ी भूल हो गई, पिताजी।"

पिताजी ने चौंककर कहा, "क्या हुआ ?"

श्रवण ने कहा, "मैंने भगवान् के लिए जो केले खरीदे थे, वे गरीबों को खिला दिए। मैं क्या करता ? उन्हें भूखा देखकर मुझसे रहा नहीं गया। मुझे पता है, भगवान् आपसे और मुझसे बेहद नाराज होंगे।"

इस पर शांतवन ने मुसकराते हुए कहा, "तुम बेकार डर रहे हो पुत्र। गरीबों को खाना देने से अच्छी पूजा और क्या होगी ? भगवान् इस पर और प्रसन्न होंगे। तुमने मेरी पूजा सार्थक कर दी। मैं ईश्वर का आभारी हूँ कि उन्होंने मुझे तुम्हारे जैसा पुत्र दिया।"

यह कहकर शांतवन ने अपने पुत्र को गले से लगा लिया।

□

34
एक और झूठ

गाँव से बाहर पाठशाला में अनेक शिष्य ज्ञान सीखने आते थे। श्रवण भी उसी पाठशाला में पढ़ने जाता था। वहाँ के गुरु भी बड़े ज्ञानी संत थे।

एक दिन वह अपने प्रिय शिष्य श्रवण के साथ पाठशाला में जा रहे थे। पाठशाला का रास्ता खेतों में पगडंडी से होकर गुजरता था। थोड़ी दूर जाने पर सामने से एक व्यक्ति आता दिखाई दिया। उसे देखकर गुरुजी रुक गए और अचानक खेतों से हटकर दूसरे रास्ते से जाने लगे। वह रास्ता बहुत ही लंबा था।

उनके इस तरह रास्ते बदलने पर श्रवण ने पूछा, “गुरुजी, आपने एकाएक रास्ता क्यों बदल दिया? यह रास्ता तो बहुत लंबा और ऊबड़-खाबड़ है, हमें चलने में बहुत कठिनाई होगी।”

गुरुजी बोले, “सामने से जो आदमी आ रहा था, उसे जानते हो? वह गाँव का मुखिया है। उसे देखकर ही मैंने रास्ता बदल लिया है।”

श्रवण ने पूछा, “क्या आप उससे डरते हैं?”

“नहीं, बिल्कुल नहीं।” गुरुजी ने जवाब दिया।

“फिर आप उनसे बचना क्यों चाहते हैं?” श्रवण ने फिर प्रश्न किया। इस पर गुरुजी ने कहा, “मुखिया को झूठ बोलने की आदत है। कई साल पहले एक बार वह मुझसे झूठ बोलकर कुछ धन उधार ले गया था। आज तक उसने वह धन नहीं लौटाया, लेकिन जब भी कभी उसका मुझसे इस प्रकार

अचानक मिलना होता है, तो आदतन वह झूठ बोलता है और कहने लगता है कि गुरुजी बस एक–दो दिन में जरूर आपका धन लौटा दूँगा। हालाँकि मैं जानता हूँ कि यह आदमी इतनी जल्दी धन वापस नहीं करेगा। आज भी वह मुझसे मिलता तो एक बार फिर झूठ बोलता, इसलिए मैंने सोचा कि इससे अच्छा है कि अपना रास्ता ही बदल दूँ। रास्ता बदलने में मुझे थोड़ी कठिनाई तो होगी, लेकिन मेरी वजह से उस आदमी को एक और झूठ तो नहीं बोलना पड़ेगा। किसी व्यक्ति को दुर्गुणों से दूर रखने के लिए हमें हरसंभव उपाय करने चाहिए।"

बालक श्रवण की समझ में अब सारी बात आ चुकी थी। वह ऐसा ज्ञानी गुरु पाकर धन्य हो गया था।

□

35

जीने का ढंग

श्रवण कुमार एक दिन किसी महान् तपस्वी, ज्ञानी महात्मा के समक्ष बैठा था। कुछ समय पश्चात् श्रवण के मन में एक जिज्ञासा जगी, उसने उनसे प्रश्न किया, "गुरुदेव, संसार में रहने का उत्तम और सही ढंग क्या है ?"

श्रवण का प्रश्न सुनकर महात्मा मुसकराए और बोले, "बहुत अच्छा प्रश्न किया है तुमने। लेकिन इसका उत्तर हम दो दिन पश्चात् देंगे।"

दो-तीन दिन गुजर गए, लेकिन महात्माजी ने उत्तर नहीं दिया। श्रवण की जिज्ञासा बढ़ती ही जा रही थी।

तभी एक व्यक्ति कुछ फल और मिठाइयाँ लेकर महात्माजी के पास आया। सभी वस्तुओं को उसने महात्माजी के चरणों में रखा और वहीं बैठ गया, लेकिन महात्माजी ने उससे कोई बातचीत नहीं की और उसकी ओर पीठ मोड़कर सारे फल खा गए।

यह देखकर उस व्यक्ति ने सोचा, यह कैसा साधु है ? मेरी लाई सभी वस्तुएँ खा लीं और मेरी ओर देखा भी नहीं! यह सोचकर वह व्यक्ति चला गया।

उस व्यक्ति के जाने के पश्चात् महात्माजी ने श्रवण को बुलाकर कहा, "क्यों, कुछ कह रहा था वह व्यक्ति ?"

"जी गुरुदेव! बहुत क्रोध में था। कह रहा था कि मेरी लाई हुई वस्तुएँ तो सारी खा लीं, पर न मुझसे कोई बात की और न सुनी।"

श्रवण की बात सुनकर महात्मा ने कहा, "वत्स, संसार में रहने का यह ढंग सही नहीं है। कोई दूसरा ढंग सोचना चाहिए।"

कुछ समय बाद एक और व्यक्ति आया। वह भी अपने साथ फल आदि लाया था। महात्मा के चरणों में रखकर वह वहीं बैठ गया। महात्मा ने उसकी

लाई हुई सारी वस्तुएँ उठाईं और बाहर फेंक दीं। वह व्यक्ति हैरत में पड़ गया, तभी महात्मा ने उससे बातचीत शुरू कर दी—परिवार में सब अच्छे तो हैं, व्यापार कैसे चल रहा है, स्वास्थ्य कैसा है?

महात्मा ऐसी बात करते रहे, लेकिन वह व्यक्ति मन-ही-मन कुढ़ता रहा और सोचता रहा, "अजीब बात है, ये बाबा बातें तो मीठी-मीठी कर रहा है, लेकिन मेरी लाई सारी वस्तुएँ इसने फेंक दीं!"

कुछ क्षण बाद जब वह चला गया तो महात्मा ने श्रवण से पूछा, "क्या वह व्यक्ति प्रसन्न होकर गया है?"

"नहीं गुरुदेव! वह तो पहलेवाले से भी ज्यादा क्रोधित होकर गया है। कह रहा था कि मेरी लाई वस्तुएँ फेंककर मेरा अपमान किया है।"

महात्माजी ने कहा, "वत्स, संसार में रहने का यह ढंग भी उचित नहीं है।"

बात पूरी हो, इससे पहले ही एक सज्जन आया। वह भी साथ में कुछ भेंट लाया था। सभी वस्तुओं को महात्माजी के चरणों में रखकर वह उनके समक्ष बैठ गया। महात्माजी ने उससे बहुत स्नेह और अपनेपन से बात की। उसके द्वारा लाई वस्तुओं को सभी लोगों में बाँटा, कुछ मिठाई उस सज्जन को भी दी, कुछ स्वयं भी खाई। उसके घर-परिवार, व्यापार आदि संबंधों के बारे में बातें कीं।

जब वह सज्जन चला गया तो महात्माजी नं श्रवण से पूछा, "वह सज्जन कुछ कह रहा था?"

"वह तो बड़ा प्रसन्न था।" श्रवण ने कहा, "तारीफ करता हुआ जा रहा था।"

"तो वत्स!" श्रवण की बात काटकर महात्माजी बोले, "संसार में रहने का यही ढंग होना चाहिए। मिल-बाँटकर खाओ। सबसे प्यार लो और सबको प्यार दो।"

□

36

गुरु बिन ज्ञान नाहि

श्रवण ने युवावस्था तक आते-आते शास्त्रों और वेदों का काफी अध्ययन कर लिया था। परंतु अभी उसे सच्चे गुरु की तलाश थी। एक दिन वह सच्चे गुरु की तलाश में एक संत के पास पहुँचा और बोला, "हे महात्मन! मैंने शास्त्रों, वेदों का ज्ञान अर्जित कर लिया है, क्या फिर भी मुझे गुरु की आवश्यकता है?"

संत मुसकराए। फिर बोले, "कुछ दिनों बाद इसका उत्तर दूँगा। बाद में आना।"

श्रवण की समझ में नहीं आया कि संत ने अभी उत्तर क्यों नहीं दिया!

कुछ दिनों के बाद वह फिर आया। संत ने श्रवण को एक लिफाफा देते हुए कहा, "इसे तुम्हें पास के एक गाँव में पहुँचाना है। वह गाँव नदी के उस ओर है। तुम्हें चिंता करने की जरूरत नहीं है, नदी तट पर तुम्हें नाव के साथ नाविक तैयार मिलेगा।" यह कहकर संत ने वह लिफाफा श्रवण को थमा दिया।

दूसरे दिन वह प्रातःकाल नदी के तट पर पहुँचा। वहाँ नाव तैयार थी। नाव में बैठते ही उसे ध्यान आया कि उसे गाँव का रास्ता तो मालूम ही नहीं है; और उसने संत से इसके बारे में पूछा भी नहीं। उसने नाविक से पूछा तो उसे भी मालूम नहीं था। श्रवण वापस संत के पास आया। उसने संत से गाँव तक पहुँचने का सबसे सुगम मार्ग जानना चाहा।

इस पर संत ने कहा, "यही तुम्हारे प्रश्न का उत्तर है। तुम्हारे पास साधन है और साध्य भी, पर साध्य तक पहुँचने का मार्ग तुम्हें मालूम नहीं है। तुम यह अच्छी तरह जानते हो कि तुम्हें जाना कहाँ है, मगर रास्ते का पता न होने के कारण तुम बीच में ही ठिठके हो, इसलिए तुम्हें एक ऐसा मार्गदर्शक चाहिए, जो उस रास्ते को जानता हो। ठीक उसी तरह, जैसे तुमने शास्त्रों का अध्ययन तो कर लिया है, पर उनकी गहराई में उतरने के लिए तुम्हें एक गुरु की आवश्यकता है।"

श्रवण को उत्तर मिल गया। उसने संत के चरण पकड़ लिये और उनसे ज्ञान देने का प्रार्थना की। संत ने उसे अपना शिष्य बना लिया।

□

37

सम्मान और अपमान

एक दिन श्रवण ज्यों ही भोजन करने बैठा, बाहर से किसी ने आवाज दी, "बेटा, भूखे को भोजन मिलेगा? ईश्वर तुम्हारा भला करे।"

आवाज सुन श्रवण दौड़कर बाहर आया। उसने देखा कि बाहर एक बूढ़ा दुर्बल भिखारी खड़ा है। श्रवण उसे अंदर ले आया, फिर उसने उसे अपने आसन पर बिठाया और भोजन दे दिया। श्रवण का यह व्यवहार उसके मित्र को अच्छा नहीं लगा। जो कि उस समय उसके साथ ही बैठा था।

भिखारी के जाने के बाद मित्र ने कहा, "मित्र, यह भोजन तो तुम्हारे लिए था, तुमने उसे क्यों दे दिया? क्या तुमने नहीं देखा कि वह एक भिखारी था? क्षमा करें मित्र, तुम उसे खाने को दे देते, लेकिन तुमने उसे अपने पवित्र आसन पर क्यों बिठा दिया?"

श्रवण मुसकराते हुए बोला, "मित्र, भूख तो भूख होती है, चाहे भिखारी की हो या किसी दानी की, राजा की हो या रंक की। भूख तो पशु-पक्षियों की भी उतनी ही पीड़ादायक होती है, जितनी मनुष्य की। फिर मैंने तो उस बेचारे को केवल एक समय खाना खिलाया है। उसने तो कई दिन भूखा रहने के बाद आज खाना खाया है। उसे आज जितनी तृप्ति और संतुष्टि मिली होगी, उतनी मुझे कदापि नहीं मिलती, क्योंकि उसे मुझसे ज्यादा भूख लगी थी।"

"रही बात पवित्र या अपवित्र की, तो संसार में सबसे पवित्र वह है, जो किसी से भी घृणा नहीं करता। फिर भोजन तो सदैव पवित्र होता है। इसलिए

खाना पवित्र स्थान पर ही बैठकर खाया जाता है, जिससे मन पवित्र और तन स्वस्थ रहे। यदि मैं उसे आसन पर बैठाकर भोजन नहीं कराता तो यह एक पाप होता, और यदि उसे द्वार पर भोजन कराता तो उस अतिथि और भोजन दोनों का अपमान होता। फिर तुम मनुष्य में भेदभाव कैसे करने लगे? क्या तुम नहीं जानते कि मेरी दृष्टि में हर मनुष्य एक है?"

श्रवण की इस बात से मित्र बड़ा लज्जित हुआ। उसने श्रवण से क्षमा माँगी।

□

38

अपनी गलतियाँ स्वीकारें

एक दिन श्रवण से एक तुच्छ भूल हो गई। उसे बहुत पछतावा हुआ। इस तुच्छ भूल के लिए उसने अपने पिता से अनेक बार क्षमा याचना की।

पिताजी बोले, "पुत्र श्रवण! तुम अधिक लज्जित न हो, भूल इनसान से ही होती है और सबसे महान् इनसान वही होता है, जो अपनी भूल को स्वीकार कर ले। इस विषय में मैं तुम्हें एक कथा सुनाता हूँ, ध्यान से सुनो—

एक मूर्तिकार था। उसने अपने बेटे को भी मूर्तिकला सिखाई। दोनों अपनी-अपनी मूर्तियाँ लेकर बाजार जाते और बेचते। पिता की मूर्ति दो रुपए की बिकती थी और बेटे की मूर्ति दस आने की। बाजार से जब दोनों लौटते, तब पिता अपने बेटे को मूर्ति की बारीकियाँ समझाता। उसकी गलतियों की तरफ ध्यान दिलाता और अगले दिन से उन्हें सुधारने के लिए कहता। बेटा गंभीर था। वह अपने पिता की हर बात ध्यान से सुनता, समझता और अपनी कला को सुधारता। यही क्रम वर्षों तक चलता रहा। कुछ समय बाद बेटे की बनाई मूर्तियाँ भी दो-दो रुपए की बिकने लगीं। पर पिता के समझाने का क्रम अभी भी जारी था और बेटे ने भी पिता की बात को समझने और कला को निखारने में कोई कसर नहीं छोड़ी। कुछ समय बाद बेटे की मूर्तियाँ पाँच-पाँच रुपए की बिकने लगीं, पर पिता के सुझाव का क्रम तब भी बरकरार था।

एक दिन बेटा पिता के सुझाव से नाराज हो गया। उसने कहा, "आप तो सिर्फ दोष ही निकालते हैं। मेरी कला आपसे अच्छी है। मेरी मूर्तियाँ पाँच रुपए

की बिकती हैं और आपकी दो रुपए की।"

पिता बेटे की बात से नाराज नहीं हुआ, बल्कि समझाते हुए बोला, "जब मैं तुम्हारी उम्र का था, तब भी ऐसा ही होता था। मेरी बनाई हुई मूर्तियाँ मेरे पिता की मूर्तियों से अधिक कीमत की बिकती थीं। परंतु फिर भी वे मुझे समझाते थे। एक दिन मैंने भी तुम्हारे ही तरह उनसे कहा था। उसके बाद से मेरी मूर्तियाँ की कीमत भी दो रुपए पर ही रुक गई। मैं नहीं चाहता कि जो भूल मैंने की है, वह तुम भी करो। मुझे डर है कि तुम्हारी मूर्तियों की कीमत पाँच रुपए पर ही न रुक जाए! मैं चाहता हूँ कि तुम्हारी मूर्तियाँ बहुमूल्य बनें और तुम श्रेष्ठ कलाकारों की श्रेणी में पहुँच सको।"

यदि कोई हमारी त्रुटियों की तरफ ध्यान दिलाए, तो हमें उन्हें स्वीकार करना चाहिए और उन्हें दूर करने का प्रयत्न करना चाहिए। इससे न सिर्फ हमारी त्रुटियाँ सुधरती हैं, बल्कि हमारे कार्य को भी बहुमूल्य बनाती हैं।

□

39

सच्ची आराधना

एक बार श्रवण अपने गुरु से मिलने आश्रम आया। शाम को वह अन्य शिष्यों के साथ भोजन करने बैठा। गुरुजी दूसरे कमरे में भोजन के लिए गए। तभी एक सेवक आया और बोला, "महाराज, भोजन करने तो बैठे हैं, लेकिन अन्न ग्रहण करने से मना कर रहे हैं।"

श्रवण गुरु का प्रिय शिष्य था। गुरु के न खाने की बात सुनकर वह घबराया। वह खाना छोड़कर गुरु के पास पहुँचा। उसे देखते ही गुरु ने गरजकर कहा, तुम्हें परमात्मा का जरा भी भय नहीं है ? तुम आखिर ऐसा कैसे कर रहे हो ?

श्रवण यह सुनकर सन्न रह गया। उसने पूछा, गुरुदेव बताएँ, मुझसे क्या गलती हुई ?"

गुरु ने कहा, "मुझे पता चला कि तेरे पड़ोसी का परिवार सात दिनों से भूखा है। वह किसी दुकानदार से उधार लेने गया तो उसे वह भी नहीं मिला। वह खाली हाथ भूखे परिवार के पास पहुँचा।"

श्रवण को बड़ा दु:ख हुआ। वह बोला, "मुझ इसका दु:ख है, लेकिन मुझे इसके बारे में जानकारी नहीं थी।"

यह बात सुनते ही गुरु ने कहा, "यही कारण है कि मुझे क्रोध आ रहा है। तुम्हारे पड़ोसी के घर सात दिनों से चूल्हा नहीं जला और तुम्हें इसके बारे में मालूम तक नहीं ? तुम्हारी यह बात मानी नहीं जा सकती।"

गुरु ने अपनी थाली का भोजन और थोड़ा अनाज देते हुए श्रवण से कहा, "यह भोजन लेकर पड़ोसी के घर जाओ और उसके साथ बैठकर खाओ। जिससे उसे लज्जा महसूस न हो। कुछ अनाज चुपचाप किसी कोने में छिपाकर रख देना, ताकि अगले दिनों की व्यवस्था भी हो सके। तुम अभी यह सब कर आओ, उसके बाद ही मैं खाना खाऊँगा।"

श्रवण ने उनके आदेश का तत्काल पालन किया। जब वह लौटा तो गुरु ने भोजन किया और उसे समझाया, धर्मांचरण की शुरुआत दूसरों के प्रति संवेदना से होती है। निर्धनों और असहायों से मुँह मोड़कर उपासना करने का कोई अर्थ नहीं है। गरीबों की सेवा ही आराधना है। श्रवण को अपनी इस भूल का अहसास कई दिनों तक रहा।

□

40

दुःख के बीज

एक दिन एक महात्मा गाँव में ठहरे हुए थे। कुछ युवक उनके सामने बैठे हुए थे। जीवन के विविध प्रसंगों पर चर्चा चल रही थी। सभी कुछ-न-कुछ प्रश्न पूछ रहे थे। कुछ देर बाद महात्मा ने गौर किया कि एक युवक एकदम चुप है। वह कुछ बोल नहीं रहा। उसके चेहरे पर उदासी झलक रही थी। महात्मा ने उससे पूछा, "क्या बात है ? तुम इतने उदास क्यों हो ?"

युवक, जिसका नाम श्रवण था, बोला, "मैं बहुत दुःखी हूँ, लेकिन दुःख के निवारण की कोई युक्ति नहीं सूझ रही है।"

महात्मा पूछने लगे, "क्या दुःख है ?"

श्रवण ने कोई जवाब नहीं दिया।

फिर महात्मन् ने कुछ सोचकर कहा, "दुःख की तह में देखो।"

श्रवण पूछने लगा, "वह कैसे महात्मन् ?"

महात्मा बोले, "जाओ, जंगल से कुछ अंकुरित पौधे उखाड़कर ले जाओ, जिनकी दो-चार पत्तियाँ ही उगी हों, लेकिन ध्यान रखना, पौधे अलग-अलग किस्म के हों।"

श्रवण कुछ समझ न सका, पर महात्मा की आज्ञा का पालन करने के लिए वह जंगल से अलग-अलग किस्म के कुछ पौधे उखाड़कर ले आया और उन्हें महात्मा को सौंप दिया। महात्मा ने एक पौधा श्रवण के हाथ में पकड़ाया और उसकी एक पत्ती तोड़कर पूछने लगे, "यह किस वनस्पति का पौधा है ?"

श्रवण ने कहा, "भगवन्, मालूम नहीं, ये पत्तियाँ अभी ठीक से विकसित नहीं हुई हैं। अभी इनके बारे में कुछ नहीं कहा जा सकता।"

महात्मा बोले, "इस पौधे की गुठली देखो।"

श्रवण गुठली हाथ में लेते हुए कहने लगा, "यह तो निंबौली है।"

फिर महात्मा ने दूसरे पौधे की गुठली हाथ में देते हुए कहा, "यह किसकी है ?"

श्रवण बोला, "यह बेर है।" महात्मा ने तीसरे पौधे की गुठली पकड़ाते हुए पूछा, "यह किसकी है ?"

श्रवण ने जवाब दिया, "जामुन है।"

फिर महात्मा बोले, "ऐसे ही हर दुःख के बीज होते हैं। कोई भी दुःख बिना बीज के नहीं उगता। दुःख के बीज पहचानो, फिर उसकी दवा कोई-न-कोई बता ही देगा।"

यह सुनते ही श्रवण ने महात्मा के चरणों में माथा टेक दिया।

□

41

श्रवण का विवाह

श्रवण कुमार और विद्या ने एक साथ शिव-मंदिर में प्रवेश किया और आँखें बंद करके पूजा-अर्चना करने लगे।

"विद्या!" श्रवण कुमार ने पूछा, "तुमने भगवान् शिव से क्या माँगा?"

"यही कि भगवान् आपके कष्ट मुझे दे दें और मेने सुख आपको।" विद्या बोली, "और आपने क्या माँगा भगवान् शिव से?"

"भगवान् मेरे माता-पिता की नेत्रज्योति लौटा दें, भले ही मेरी नेत्रज्योति ले लें।" कहते-कहते श्रवण कुमार भावुक हो उठा।

विद्या श्रवण कुमार को निहारते हुए विषय परिवर्तन करती हुई बोली, "आज मेरे पिताजी आपके घर आने के लिए कह रहे थे। लगता है, कोई महत्त्वपूर्ण बात करना चाहते हैं।"

"तुम्हारे पिताजी मेरे पिता के प्रगाढ़ मित्र हैं। वे जब चाहे, आएँ। उनका सदैव स्वागत है।" श्रवण कुमार गंभीरता से बोला।

दूसरे दिन विद्या के पिता अपने मित्र शांतवन के घर पहुँचे।

विद्या के पिता ज्ञानदेव शांतवन के निकट आसन पर बैठे थे। निकट ही ज्ञानवती भी बैठी हुई थी।

"मित्र शांतवन!" ज्ञानदेव बोले, "अब तो पुत्र श्रवण कुमार विवाह योग्य हो चला है।"

"हाँ मित्र! हमारा अनुभव भी कुछ ऐसा ही कहता है।" शांतवन ने हामी भरी।

“यदि आप उचित समझें तो मैं आपके और अपने परिवार को एक होते देखना चाहता हूँ।” ज्ञानदेव ने अपना प्रस्ताव रखा।

“मित्र ज्ञानदेव! अपना मंतव्य पूर्ण रूप से प्रकट करने की कृपा करें।”

“मैं अपनी बेटी विद्या का विवाह श्रवण कुमार से करना चाहता हूँ। कहिए मित्र, आपका क्या विचार है ?” ज्ञानदेव ने अपनी बात स्पष्ट की।

“ऐसा हुआ तो हमें प्रसन्नता होगी।” शांतवन बोले, “पुत्र श्रवण कुमार से विद्या के सदाचरण की हम काफी चर्चा सुन चुके हैं, हमारा विचार तो यह भी है कि पुत्र श्रवण और विद्या भी एक-दूसरे को पसंद करते हैं। अब यदि इन दोनों के संबंध आपको भी अच्छे लगते हैं तो फिर ठीक है, हमें भी यह संबंध स्वीकार है और जैसा आप उचित समझें, वैसा करें।”

शांतवन और ज्ञानवती की सहर्ष सहमति मिलने के बाद ज्ञानदेव ने शीघ्र ही श्रवण कुमार और विद्या के विवाह के लिए शुभ मुहूर्त निकलवा दिया। इसी शुभ मुहूर्त में हर्ष ओर प्रसन्नता के बीच बड़ी सादगी से दोनों का विवाह संपन्न करा दिया गया।

विद्या बहू बनकर श्रवण कुमार के घर आई। जिस प्रकार श्रद्धा और सम्मान के साथ श्रवण कुमार अपने अंधे माता-पिता की सेवा किया करता था, अब उसी प्रकार विद्या अपने सास-श्वसुर को ही नहीं, बल्कि पति की भी सेवा करने लगी।

श्रवण कुमार का वैवाहिक जीवन सुखी संपन्न था। उसे किसी प्रकार का अभाव न था। यदि शोक और चिंता का कोई कारण था तो केवल यह कि उसके माता-पिता की नेत्रज्योति कैसे लौटे ? उसे दिन-रात इसी की चिंता लगी रहती थी।

□

42
नेत्रज्योति लौटाने का उपाय

एक दिन श्रवण कुमार को किसी से पता चला कि राजगुरु वसिष्ठ कोई ऐसा उपाय बता सकते हैं कि जिससे उसके नेत्रहीन माता-पिता की नेत्रज्योति लौट सके। कई दिन तक सोच-विचार के बाद एक दिन श्रवण कुमार अपने माता-पिता से आज्ञा लेकर महर्षि वसिष्ठ से भेंट करने के लिए चल दिया।

महर्षि वसिष्ठ महाराजा दशरथ के सभा भवन में विराजमान थे। उस समय दरबार लगा हुआ था। द्वारपाल ने राजसभा में जाकर महाराजा दशरथ से श्रवण कुमार के उपस्थित होने की आज्ञा माँगी।

"श्रवण कुमार!" महाराज दशरथ बोले, "ब्रह्माजी के वरदान से उत्पन्न ऋषि शांतवन के पुत्र!"

"जी हाँ महाराज!" द्वारपाल शीश झुकाकर बोला।

"द्वारपाल! श्रवण कुमार को ससम्मान दरबार में ले आओ।"

कुछ ही देर में श्रवण कुमार दरबार में उपस्थित था।

महाराजा दशरथ ने श्रवण कुमार को सम्मान आसन पर बैठाया और कुशल-क्षेम पूछी। सारा समाचार देने के बाद श्रवण कुमार व्याकुल स्वर में बोला, "किंतु राजन! माता-पिता की आँखों में छाया अंधकार मुझे अपने जीवन में फैला प्रतीत होता है।"

"ऋषि कुमार! यह तो विधि का विधान है। इसमें कोई प्राणी क्या कर सकता है?"

"महाराज! हमारे वेद-शास्त्रों में ज्ञान का अनुपम भंडार है। इसमें तो हर समस्या का समाधान है।" श्रवण कुमार राजगुरु वसिष्ठ से निवेदन करके बोला, "यदि गुरुदेव की कृपा से मेरे माता-पिता की आँखों में प्रकाश लौट आए तो मैं गुरुदेव का आजीवन आभारी रहूँगा।"

"वत्स! तुम्हारी बात सर्वथा सत्य है और यह भी सत्य है कि यदि शास्त्र सम्मत उपाय किया जाए तो ऋषि शांतवन और देवी ज्ञानवती की आँखों में फैला अंधकार प्रकाश में बदल सकता है।" महर्षि वसिष्ठ गंभीरता से बोले।

"तब गुरुदेव! मुझ पर अनुकंपा कीजिए और मेरे माता-पिता की नेत्रज्योति लौटाने का उपाय बताइए।" श्रवण कुमार ने करबद्ध निवेदन किया।

"वत्स!" महर्षि सस्नेह बोले, "तुम्हारे माता-पिता की नेत्रज्योति लौटाने का उपाय हम बता तो सकते हैं, किंतु तुम उसे कर सकोगे, इसमें संदेह है।"

"माता-पिता की दृष्टि के लिए मैं कुछ भी कर सकता हूँ।" श्रवण कुमार दृढ़ता से बोला।

"वत्स! यह तो हम भली प्रकार जान गए हैं कि तुम दृढ़शक्ति और संकल्प के धनी हो, किंतु तुम्हारी शारीरिक कोमलता को देखकर संदेह होता है।" महर्षि गंभीरता से बोले, "तुम्हें समस्त पावन धामों की तीर्थयात्राएँ करनी होंगी और तीर्थयात्राओं में अपने माता-पिता को भी साथ रखना होगा, ताकि सभी तीर्थों का पुण्य उन्हें मिल सके। इसी पुण्य से उनकी नेत्रज्योति लौट सकती है।"

"मैं अपने माता-पिता को सभी धर्मों की तीर्थयात्राएँ अवश्य कराऊँगा।"

"किंतु वत्स! तीर्थयात्राएँ तुम्हें किसी अन्य व्यक्ति की सहायता और वाहन के बिना ही करनी होंगी, अन्यथा तीर्थयात्राओं का पुण्य फल तुम्हारे पिता के बजाय अन्य सहायक व्यक्ति को मिलेगा।"

"गुरुदेव! मैं स्वयं ही ऐसा करूँगा।" श्रवण कुमार के स्वर में दृढ़ता थी।

□

43

माता-पिता की तीर्थयात्रा

राजगुरु वसिष्ठ, महाराज दशरथ और सभी दरबारियों को करबद्ध प्रणाम करने के बाद श्रवण कुमार अपने घर की ओर चल पड़ा। जब वह अपने माता-पिता के कक्ष के निकट पहुंचा तो उसे अपनी माताश्री का स्वर स्पष्ट सुनाई दिया—

"स्वामी! हमारी मनोकामना थी कि इस जीवन में एक बार सभी तीर्थों की यात्रा कर आएँ। किंतु···।"

शांतवन भावुक स्वर में बोले, "मनुष्य अपने जीवन में अनेक कामनाएँ करता है, किंतु क्या सभी पूरी हो जाती हैं?"

"सभी तो पूरी नहीं होतीं, स्वामी! किंतु···"

"देखो।" ज्ञानवती की बात काटते हुए शांतवन बोले, "तीर्थयात्रा हम भले ही न कर पाएँ, लेकिन पुत्र श्रवण ने तीर्थयात्राओं का सुख हमें घर पर ही दे रखा है।"

"यह तो ठीक कह रहे हैं, स्वामी, किंतु···।" ज्ञानवती ने पति की बात का अनुमोदन किया।

माता-पिता की स्नेहिल बातें और उनकी व्यथा सुनकर श्रवण कुमार का हृदय भर आया। श्रवण कुमार अपेक्षाकृत तेज पदचाप करता हुआ अपने माता-पिता के पास पहुँचा।

"पुत्र श्रवण!" माता ज्ञानवती उत्सुकता से बोलीं, "तुम महाराजा दशरथ

के दरबार में गए थे। वहाँ महर्षि वसिष्ठ से तुम हमारी आँखों के लिए कोई औषधि लाने वाले थे, उसका क्या हुआ?"

"माताश्री! गुरुदेव ने कोई औषधि तो नहीं दी, किंतु आपकी नेत्रज्योति लौटाने के लिए एक उपाय अवश्य बताया है।"

"कैसा उपाय पुत्र? क्या किसी उपाय से हमारी नेत्रज्योति लौट सकती है?"

"गुरुदेव वसिष्ठ का यही कहना है, माताश्री।"

"पुत्र!" शांतवन भी चुप न रह सके, वे भी उत्सुकता से बोले, "किंतु वह उपाय क्या है?"

"पिताश्री! वह उपाय है, आप दोनों को एक साथ सभी धामों की पावन तीर्थयात्राएँ कराना। इन तीर्थयात्राओं के पुण्य फल के द्वारा ही आपकी नेत्रज्योति लौट सकती है।"

"ओह!" श्रवण कुमार की बात सुनकर शांतवन और ज्ञानवती ने गहरा श्वास लिया।

"पुत्र श्रवण!" मौन को भंग करते हुए शांतवन बोले, "तुम अकेले हम दो वृद्ध और नेत्रहीनों को किस प्रकार तीर्थयात्रा करा सकोगे? यह उपाय तो असंभव है पुत्र! न तो यह हो सकेगा और…।"

"पिताश्री! कृपा करके आगे कुछ न कहिए।" श्रवण कुमार विनीत स्वर में बोला, "मैं आपको तीर्थयात्राएँ अवश्य कराऊँगा, यह मेरा दृढ़ संकल्प है।"

"मगर कैसे पुत्र?" माता ज्ञानवती के स्वर में बड़े असमंजस के भाव थे, "इस वृद्धावस्था में एक-एक पग तो हमसे चलना दूभर है और ऊपर से नेत्रहीनता। किसी एक धाम की यात्रा करते-करते ही हमारी आयु बीत जाएगी, यदि कुछ भी प्रयास किया जाए तो फिर भला हम सभी धामों की यात्राएँ कहाँ कर पाएँगे?"

"माताश्री! आप निराश न हों।" श्रवण कुमार उन्हें धीरज बँधाते हुए बोला, "प्रभु की कृपा और आपके आशीर्वाद से मैं आपको सभी धामों की तीर्थयात्रा अवश्य कराऊँगा।"

"पुत्र श्रवण!" माता ज्ञानवती विकल स्वर में बोलीं, "तुम यह सब किस प्रकार कर पाओगे?"

"माताश्री-पिताश्री!" श्रवण कुमार अपने माता-पिता की अधीरता शांत करते हुए बोला, "मैं चंदन काष्ठ की दो पालकियाँ बनवाऊँगा और उन्हें मजबूत डंडे के दोनों सिरों पर बाँध दूँगा, फिर आप दोनों को उन पालकियों में बैठाकर और वह डंडा अपने कंधों पर रखकर आपको एक-एक कर सभी धामों की यात्रा कराऊँगा।"

शांतवन और ज्ञानवती आश्चर्य से अपने पुत्र का मुख निहारने लगे। उनकी बंद आँखों ने अपने पुत्र के हृदय को पूरी तरह पढ़ लिया था। दोनों की आँखों से प्रेम के अश्रु ढुलक पड़े। वे अधीर हो उठे।

श्रवण कुमार ने जैसा कहा था, वैसा ही किया। उसने चंदन काष्ठ से पालकियाँ बनवाकर उन्हें एक मजबूत डंडे के दोनों सिरों पर रस्सी की सहायता से बाँध दिया।

इस प्रकार शीघ्र ही श्रवण कुमार ने अपने माता-पिता के लिए समस्त पावन धामों की तीर्थयात्रा कराने की सभी तैयारियाँ पूरी कर लीं।

□

44

महर्षि वसिष्ठ का आशीर्वाद

श्रवण कुमार अत्यंत शुभ घड़ी में अपने माता-पिता को पालकी में बैठाकर तीर्थयात्रा के लिए निकल पड़ा। अयोध्यापति महाराज दशरथ, महर्षि वसिष्ठ, अनेक दरबारी और गण्यमान्य व्यक्ति श्रवण कुमार को विदा करने आए।

"ऋषि कुमार!" महाराज दशरथ बोले, "तुम्हारी श्रद्धा-भक्ति सराहनीय है। कोई आवश्यकता हो तो निस्संकोच कहो।"

"महाराज! आप मेरे पिता समान हैं।" श्रवण कुमार विनीत स्वर में बोला, "किंतु मेरा आपसे निवेदन है कि इस अत्यंत शुभकारी तीर्थयात्रा में मुझे यहाँ उपस्थित महानुभावों के आशीर्वाद और शुभकामनाओं के अतिरिक्त और कुछ नहीं चाहिए।"

"जैसी तुम्हारी इच्छा वत्स! किसी प्रकार का संकोच मत करना।"

महर्षि वसिष्ठ ने श्रवण कुमार को आशीर्वाद देते हुए कहा, "जिस प्रकार देवताओं में शिरोमणि भगवान् शिव हैं, नदियों में पावन गंगा है, पर्वतों में श्रेष्ठ कैलाश पर्वत है, पुष्पों में कमल है, उसी प्रकार सुपुत्रों में श्रवण कुमार का स्थान है।"

उपस्थित सभी महानुभावों से अनुग्रह और आशीर्वाद लेकर तथा यथोयोग्य दान-पुण्य और संकल्पादि करने के बाद श्रवण कुमार तीर्थयात्रा के लिए निकल पड़ा।

इस अवसर पर श्रवण कुमार की मातृ-पितृभक्ति देखने के लिए भूतल पर वाल्मीकि, भरद्वाज, गौतम, अगस्त्य, विश्वामित्र, परशुराम आदि महर्षि और आकाशमंडल पर गणेश, ब्रह्मा, विष्णु, महेश, इंद्र, वरुण, कुबेर आदि देवता भी उपस्थित थे।

सर्वप्रथम श्रवण कुमार तीर्थराज प्रयाग पहुँचा। वहाँ उसने अपने माता-पिता के साथ गंगा-यमुना और सरस्वती की त्रिवेणी में स्नान-ध्यान और पूजन किया। इसके बाद वे तीर्थनगरी काशी होते हुए बद्रीनाथ धाम की ओर बढ़ गए।

□

45
सती विद्या को वरदान

श्रवण कुमार अपने माता-पिता के साथ तीर्थयात्रा पर निकलने से पूर्व पत्नी विद्या को नियम-संयम से घर पर रहने को कहकर चला था। विद्या ने कुछ दिन तो पति वियोग में रो-धोकर काटे, किंतु पति विरह ने उसे व्याकुल कर दिया। वह पति की खोज में निकल पड़ी।

एक दिन तो वह विरह में इतनी व्याकुल हो गई कि 'हे प्राणेश्वर! आपकी याद में एक-एक पल वर्ष के समान प्रतीत हो रहा है। जिस प्रकार मछली जल बिना, मणिधारी नाग मणि बिना और हाथी दाँत बिना शोभा नहीं पाते, उसी प्रकार यह जीवन आपके बिना शोभा नहीं पाता। हे प्राणेश्वर! मैं आपको खोजते हुए थक गई हूँ। अब विवश होकर मैं सूर्य, चंद्र और अन्य देवी-देवताओं को साक्षी मानकर पवित्र वन की पवित्र भूमि में लकड़ी एकत्र करके और अग्नि द्वारा यह देह आपको समर्पित करती हूँ।' ऐसा विलाप करती हुई देह-त्याग के लिए तैयार हो गई। वनभूमि में चंदन की लकड़ी से उसने चिता तैयार की और अग्निदेव का आह्वान करके बोली, "हे अग्निदेव! आप लकड़ी में समाहित हैं। मुझ पति वियोग से व्याकुल स्त्री पर दया करके प्रकट होने की कृपा करें।"

अग्निदेव प्रकट न हुए। विद्या ने फिर पत्थर के ढेर से अग्निदेव के प्रकट होने की प्रार्थना की, किंतु अग्निदेव फिर भी प्रकट न हुए।

विद्या ने फिर करबद्ध होकर प्रकृति के अनेक रूपों में अग्नि प्रकट करने

की प्रार्थना की, किंतु सभी ने मानो चुप्पी साध रखी थी।

अंत में, विद्या ने अपने पति परमेश्वर का ध्यान लगाया। श्रद्धा भाव से आह्वान करती हुई वह बोली, "हे प्रभु! यदि मैंने श्रद्धा-भक्ति के साथ पतिव्रत धर्म का पालन किया है तो इस चंदन की चिता में तुरंत अग्नि उत्पन्न हो जाए।"

चिता से तत्काल शीतल स्वरूप में अग्निदेव प्रकट हुए और बोले, "पुत्री विद्या! तुम्हारा कल्याण हो। तुम पतिव्रता हो, फिर अकाल मृत्यु का वरण करके पाप की भागीदार क्यों बनना चाहती हो?"

"हे अग्निदेव!" विद्या प्रणाम करके बोली, "जिस प्रकार सत्य के बिना धर्म, पत्तियों के बिना वृक्ष और ज्योति के बिना नेत्र व्यर्थ हैं, उसी प्रकार पति के बिना पतिव्रता का जीवन भी व्यर्थ है।"

"पुत्री! तुम्हारा पति पावन धामों की यात्रा पर निकला है और सकुशल है। इस समय वह अपने माता-पिता के साथ बद्रीधाम में है," अग्निदेव कोमल स्वर में बोले, "तुम शीघ्र ही उससे मिलेगी।"

"हे पूज्य अग्निदेव!" विद्या विरह की वेदना व्यक्त करती हुई बोली, "यदि आप मेरा जीवन बचाना चाहते हैं तो मेरे स्वामी से मुझे मिला दें, अन्यथा पति वियोग में मेरा आत्मदाह करके मृत्यु को प्राप्त हो जाना ही उचित है।"

"धन्य हो पुत्री विद्या! हम तुम्हारी पति-भक्ति से प्रसन्न हुए।" अग्निदेव बोले, "जिस प्रकार शिव को पार्वती, विष्णु को लक्ष्मी और ब्रह्माजी को सरस्वती मिलीं, उसी प्रकार भूलोक पर श्रवण कुमार को परम सती विद्या प्राप्त हुई हैं। हे पुत्री! हम तुम्हें सदेह आकाश में विचरण करते हुए कहीं भी जाने का वरदान देते हैं, ताकि तुम अतिशीघ्र अपने पति के पास जा सको।"

अग्निदेव से वरदान मिलते ही विद्या स्वस्थ हो गई। संकल्प करते ही वह आकाश में विचरण करने लगी और बद्रीधाम जा पहुँची। उसने अपने पति, सास और श्वसुर को चरण-स्पर्श कर प्रणाम किया। सभी उसे एकाएक ब्रदीधाम में देखकर आश्चर्यचकित रह गए, तब विद्या ने उन्हें पूरी बात विस्तारपूर्वक कह सुनाई। विद्या की बात सुनकर श्रवण कुमार और उसके

माता-पिता को अति प्रसन्नता हुई।

पति से मिलकर विद्या की प्रसन्नता की कोई सीमा न रही। वह प्रसन्न तो थी ही, साथ ही उसे अपने पतिव्रत धर्म पर भी बड़ा गर्व या कहें अहंकार होने लगा। उसने सोचा कि उसके पतिव्रत धर्म की सराहना तो स्वयं अग्निदेव ने भी की है। शायद अब संसार में उसके जैसी महान् सती नारी अन्य कोई नहीं।

इस प्रकार विद्या के मन में अपने सतीत्व के प्रति अहंकार की भावना आती चली गई।

"पुत्र श्रवण!" शांतवन बोले, "हमने ब्रदीनाथ की पूजा-अर्चना कर ली है। अब हमारी इच्छा है कि यहाँ के पावन जल से अपने नेत्रों को धोएँ, ताकि हमारे नेत्रों को शीतलता प्राप्त हो सके।"

"ठीक है पिताश्री!" श्रवण कुमार बोला, "मैं अभी किसी ऊँचे स्थान से बद्रीनाथ का पावन जल लेकर आता हूँ।"

इस पर विद्या ने अपनी हवा में उड़ने की शक्ति पर अहंकार करते हुए कहा कि वह जल लेकर आएगी। बाहर बर्फ गिर रही थी। श्रवण कुमार, उसके माता-पिता सभी ने विद्या को बाहर जाने से रोका, किंतु वह न मानी।

सभी को अनिष्ट की चिंता सता रही थी और ऐसा ही हुआ भी! कुछ देर बाद उन्हें विद्या की चीख सुनाई दी। विद्या को केवल हवा में उड़ने की शक्ति प्राप्त थी, बर्फ से रक्षा की नहीं। जब हवा में उड़ती हुई वह बाहर निकली तो बहुत सी बर्फ उससे लिपटती चली गई और अंततः उसने बर्फ में समाधि ले ली।

इस तरह विद्या को जिस पति परमेश्वर की शक्ति से वरदान मिला था, उसी की अवज्ञा और अहंकार करने से उसे विनाश का दुष्परिणाम भुगतना पड़ा।

□

46

श्रवण और शब्दबेधी बाण

सभी पवित्र धामों की तीर्थयात्रा करते हुए श्रवण कुमार अपने माता-पिता के साथ अयोध्या नगरी के निकट आ पहुँचा। उन्होंने पावन सरयू नदी के तट पर विश्राम करने का मन बनाया।

"पुत्र श्रवण!" शांतवन धीरे से बोले, "ऐसा लगता है कि सरयू के तट पर स्वर्गिक शांति छाई हुई है। यहाँ आकर हमारे हृदय को अपार शांति मिली है।"

"पिताश्री! यह पावन धरा अपनी मातृभूमि, अपनी कर्मभूमि है। यहाँ आकर हमारे हृदय को शीतलता मिलना स्वाभाविक ही है।"

"ठीक कह रहे हो, पुत्र! अब हमारी इच्छा पावन सरयू के अमृत रूपी जल का पान करने की हो रही है। तुम सरयू का पावन जल कलश में भर लाओ।"

"जो आज्ञा पिताश्री।" श्रवण कुमार सिर झुकाकर विनीत भाव से बोला और जलपात्र लेकर सरयू के तट की ओर चल पड़ा।

सरयू के आस-पास उस समय हिंसक पशुओं ने आतंक मचा रखा था। वे प्राय: मनुष्यों और पालतू जानवरों को अपना आहार बना डालते थे। हिंसक पशुओं के उत्पात की सूचना जब महाराज दशरथ तक पहुँची तो उन्होंने प्रजा को इनसे मुक्ति दिलाने का निश्चय किया। वे स्वयं धनुष-बाण लेकर सरयू के तट पर एक घने वृक्ष के झुरमुट में छिपकर बैठ गए, ताकि जल पीने आए हिंसक पशु का वध कर सकें।

महाराजा दशरथ शब्दबेधी बाण चलाने में दक्ष थे। बिना देखे ही केवल आवाज की दिशा में लक्ष्य बेधना उनके लिए डाली से पुष्प तोड़ने के समान था।

संयोगवश उसी समय श्रवण कुमार सरयू से जल लेने आया। जब श्रवण ने जलपात्र नदी में डुबोकर भरना चाहा तो 'गुड़म्-गुड़म्' की आवाज हुई। इस आवाज को सुनकर वृक्षों के झुरमुट में छिपे बैठे महाराज दशरथ ने सोचा कि कोई हिंसक पशु जल पी रहा है। उन्होंने तुरंत धनुष पर बाण चढ़ाया और शब्दबेधी बाण छोड़ दिया।

शब्दबेधी बाद सीधा श्रवण कुमार के सीने में जाकर लगा और जल भरता हुआ श्रवण कुमार चीख मारकर धरती पर गिर पड़ा।

बाण की प्रतिक्रियास्वरूप किसी मनुष्य की चीख सुनकर महाराजा दशरथ अनर्थकारी घटना की कल्पना करते हुए तेजी से घटनास्थल पर पहुँचे, जहाँ घायल अवस्था में पड़ा श्रवण कुमार तड़प रहा था।

"कौन? महाराजा दशरथ!" तड़पते हुए श्रवण कुमार के मुख से शब्द नहीं निकल पा रहे थे।

महाराजा दशरथ का गला रुँध गया। उनके मुख से निकला, "दुर्दैव से आज हमारे हाथों एक ऐसा पाप हो गया, जिसका प्रायश्चित्त संभवतः हम अपने जीवन में कभी नहीं कर सकेंगे।"

"ऐसा न कहिए महाराज! जो पाप अनजाने में हुआ हो, वह पाप नहीं होता।"

"वत्स! पाप तो पाप ही होता है, चाहे वह जान-बूझकर किया गया हो या अनजाने में!" महाराज दशरथ शोकाकुल स्वर में बोले।

□

47

श्रवण की अंतिम इच्छा

महाराज दशरथ को अत्यधिक शोकमग्न देख श्रवण कुमार बोला, "महाराज! जो होना था, हो चुका। अत: अब शोक न करें।"

"पुत्र! हमारे अक्षम्य अपराध को क्षमा कर दो।" हाथ जोड़कर महाराजा दशरथ बोले।

"ऐसा कहकर मुझे पाप का भागी न बनाइए, महाराज।" श्रवण कुमार अंतिम साँसें भरते हुए बोला, "...और मेरी एक अंतिम इच्छा पूरी कर दीजिए। आपकी अत्यंत कृपा होगी।"

"कहो वत्स! क्या है तुम्हारी अंतिम इच्छा?" अश्रु नीर बहाते हुए महाराज दशरथ बोले।

"महाराज! मेरे माता-पिता प्यासे हैं। वे उधर वृक्ष के नीचे बैठे हैं।" श्रवण कुमार ने एक ओर संकेत किया, "कृपया यह जलपात्र ले जाकर उन्हें जल पिला दीजिए, किंतु ध्यान रखिएगा, मेरी मृत्यु का समाचार उन्हें जल पिलाने के पहले न दीजिएगा। अन्यथा वे जल न पिएँगे ओर...और...।" कहते-कहते श्रवण कुमार की गरदन एक ओर ढुलक गई।

श्रवण कुमार की मृत्यु से महाराज दशरथ की आत्मा चीत्कार कर उठी। वे विलाप करते हुए श्रवण कुमार के निकट ही बैठे हुए बहुत देर तक स्वयं को अपशब्द कहते रहे, "हे विधाता! इस पुण्यात्मा की हत्या करने से पहले ही हमारे हाथ शरीर से अलग क्यों न हो गए? हिंसक पशुओं ने हमें ही अपना

आहार क्यों न बना लिया? हमने शब्दबेधी बाण चलाने की यह विद्या क्यों सीखी?"

जब मनुष्य से किसी प्रकार का अनर्थ, अन्याय या पाप हो जाता है और उसका परिणाम उसके अंतस को कचोटने लगता है तो मनुष्य को अपने गुण अवगुण लगने लगते हैं।

शब्दबेधी बाण ने अनेक युद्धों में और संकटकाल में महाराजा दशरथ की प्राणरक्षा ही नहीं की थी, शत्रुओं को भी धूल चटाई थी, किंतु आज वही शब्दबेधी बाण एक पुण्यात्मा की मृत्यु के कारण लांछन सदृश्य लग रहा था।

□

48
माता-पिता की व्याकुलता

महाराजा दशरथ इतने विवश कभी नहीं हुए थे। जब वे कुछ सचेत हुए तो उन्हें अपने कर्तव्य का भान हुआ और श्रवण कुमार की अंतिम इच्छा पूरी करने का ध्यान आया। वे स्वयं को श्रवण कुमार के माता-पिता का सामना करने में असमर्थ पा रहे थे, किंतु उन्हें जल तो पिलाना ही था और पुण्यात्मा श्रवण कुमार की मृत्यु की सूचना भी देनी थी।

अपने हृदय को कठोर करके आँसू बहाते हुए महाराजा दशरथ जलपात्र लेकर उठे और उस ओर चल पड़े, जिधर श्रवण कुमार के माता-पिता बैठे हुए बड़ी विकलता से अपने पुत्र की प्रतीक्षा कर रहे थे। शांतवन और ज्ञानवती ने जब किसी के आने की आहट सुनी तो उन्होंने विकल स्वर में उसे अपना पुत्र समझकर पुकारा, "पुत्र श्रवण! जल लाने में बड़ी देर कर दी?"

महाराजा दशरथ के मुख से प्रत्युत्तर में शब्द निकलना कठिन हो गया, परंतु फिर भी उन्हें कुछ तो बोलना ही था, "जी पिताश्री।"

अनजान स्वर सुनकर ज्ञानवती व शांतवन उठते हुए बोले, "तुम···तुम हमारे पुत्र श्रवण नहीं हो? हमारा पुत्र श्रवण कहाँ है?"

कोई उत्तर न पाकर शांतवन रोष भरे स्वर में बोले, "अपना परिचय दो और यह बताओ कि हमारा पुत्र श्रवण कुमार कहाँ है, अन्यथा मैं तुम्हें शाप दे दूँगा।"

"कृपया पहले आप जल पी लीजिए।" महाराज दशरथ ने जलपात्र उनकी ओर बढ़ाया, "फिर मैं आपको सबकुछ बता दूँगा।"

"नहीं, हम तब तक कुछ भी ग्रहण नहीं करेंगे, जब तक हमें पुत्र श्रवण की कुशलता का विश्वास न हो जाए।" ज्ञानवती भी रोष प्रकट करती हुई बोलीं।

"ऋषि शांतवन और देवी ज्ञानवती!" महाराज दशरथ करबद्ध होकर विनीत स्वर में बोले, "मैं अयोध्या का राजा दशरथ हूँ और श्रवण कुमार की इच्छा से ही आपके पास आया हूँ।"

"महाराज दशरथ! आप!" ज्ञानवती व्याकुल स्वर में बोली।

"और हमारा प्रिय पुत्र कहाँ है?" शांतवन ने प्रश्न किया, "वह तो इस प्रकार हमें बेसहारा छोड़कर और हमारी आज्ञा के बिना कहीं नहीं जाता।"

"कृपया आप जल तो ग्रहण कीजिए।" महाराज दशरथ ने फिर निवेदन किया।

"नहीं, हमें हमारे पुत्र के बारे में बताओ, अन्यथा…" ज्ञानवती शाप देने को उद्यत प्रतीत हुई।

"आपका पुत्र··· !" तब महाराज दशरथ ने रोते हुए बताया, "महाप्रयाण कर गया है।"

"नहींऽऽऽ!" शांतवन और ज्ञानवती एक साथ चीख उठे, "हमारा पुत्र हमारी आज्ञा के बिना कहीं नहीं जा सकता। वह तो हमारे लिए जल लेने गया था।"

"ऋषिवर!" महाराज दशरथ शोकाकुल होते हुए बोले, "हिंसक प्राणी के धोखे में पुण्यात्मा श्रवण कुमार मेरे शब्दबेधी बाण का शिकार हो गया।"

"हाँ दशरथ! तुमने यह जघन्य अपराध किया है," शांतवन शोक एवं क्रोधावेश में चीख उठे, "तुम्हें इसका परिणाम भुगतना होगा।"

"ऋषिवर! अनजाने में हुआ अपना अपराध मैं स्वीकार करता हूँ और हर दंड को भुगतने को तैयार हूँ।"

"दशरथ! तुमसे यह अपराध अनजाने में हुआ है।" ज्ञानवती क्रोधावेश को दबाती हुई बोलीं, "अन्यथा मैं तुम्हें ऐसा शाप देती कि तुम्हारा संपूर्ण कुल ही नष्ट हो जाता।"

"दशरथ! हमें हमारे पुत्र के निर्जीव शरीर के पास ले चलो, ताकि अंतिम बार हम उसे अपने हाथों से महसूस कर सकें।" शांतवन कराहते हुए बोले।

महाराजा दशरथ अंधे माता-पिता को सरयू तट तक ले गए। श्रवण कुमार की निर्जीव देह पर हाथ फेर-फेर दोनों वृद्ध करुण स्वर में विलाप करने लगे।

"राजन्! हम पुत्र शोक में तड़प रहे हैं, हमें किसी भी प्रकार से शांति नहीं मिल रही है।" शांतवन विह्वल होते हुए बोले, "यद्यपि हम नहीं चाहते, परंतु हमारा हृदय अधीर होकर बारंबार शाप देने को उद्यत हो रहा है।"

"राजन्! हम तुम्हें शाप देते हैं कि जिस प्रकार पुत्र-वियोग में हम तड़पकर अपने प्राण त्याग रहे हैं, उसी प्रकार तुम भी एक दिन पुत्र-वियोग में तड़प-तड़पकर अपने प्राणों का परित्याग करोगे।"

शांतवन और ज्ञानवती ने समवेत स्वर में अपनी पीड़ा को अभिव्यक्ति दी। पुत्र-शोक में विलाप करते, तड़पते हुए बिना जल ग्रहण किए ही श्रवण कुमार के माता-पिता ने अंततः अपने प्राण त्याग दिए।

❑❑❑